Roland Reitmair

Geh zur Hölle

(Bar jeder Vernunft)

AF188806

Roman

Geh zur Hölle

(Bar jeder Vernunft)

Roland Reitmair

Roman

Impressum:

Text: © 2019 Reitmair, Roland

Umschlag: © 2019 Reitmair, Roland

                             A-4572 St. Pankraz
                             buecher.reitmair@gmail.com

Herstellung
und Verlag: 2019 BoD – Books on Demand,
                             Norderstedt

ISBN: 9783750421318

1

Kein einziger Vogel hatte sich an diesem trüben Novembermorgen in das diffuse Grau des Himmels verirrt. Der Regen
fiel in feinen Tropfen, wie zerstäubt. Martin blickte durch
das Fenster und fror. Der Morgen wirkte wie eine Foto-
montage mit Weichzeichner, Nebelschleier auf den Autos,
Gebäuden, und Bäumen.

Am Haus gegenüber plätscherte Wasser aus der verstopften
oder schadhaften Dachrinne und sammelte sich auf dem
Parkplatz vor den Garagen zu einer riesigen Lache. Der
kleine Stall in der Ecke des Hofes stand darin wie ein
Hausboot vor Anker.

Gut, dass Mutter Spätdienst gehabt hatte und noch schlief.
Sie würde ihn sonst sofort hinunter schicken, das Wasser
ableiten zu versuchen, oder mit dem Besen Richtung Kanal-
gitter zu kehren. „Du wolltest diese Tiere unbedingt haben,
jetzt musst du auch für sie sorgen. Da gehört der Stall
dazu…"

Sie war damals dagegen gewesen die Zwergziegen zu
kaufen. „Solche Tiere gehören auf die Alm oder zu einem
Bauernhof, nicht in die Stadt." Wider Erwarten erlaubte die
Mietshausbesitzerin jedoch hinter der Garage im Hof den
Stall zu bauen und den schmalen Grasstreifen daneben
einzuzäunen. Da hatte Mutter dann doch zu-gestimmt.
Zwei Ziegen als Geburtstagsgeschenk. Die große Attraktion.
Das war etwas anderes als die doofen Kaninchen der
Schulkameraden. Sogar die Nachbarn waren begeistert.

Aber jetzt, nach acht Jahren, fehlte Martin oft die Lust die Tiere zu versorgen. Auch heute würde Mutter das übernehmen müssen.

Er sah auf die Uhr, zehn nach Sieben. Wenn er den Bus erreichen wollte, sollte er sich beeilen. Zu spät kommen, „verschlafen?!", würde der DUCe nicht noch einmal tolerieren. Dann gäbe es „Konsequenzen". Schuldirektor Ulrich Cervak kannte das Wort Nachsicht höchstens vom Hörensagen – und das als Deutsch-Professor. Ein unerträglich fordernder Mensch, geringschätzend und besserwissend. Für die Entwicklung vom Diktat zur Diktatur gab es ein sprechendes Synonym: „Direktor Ulrich Cervak" – die geniale Abkürzung dafür: DUCe. Martin musste lachen.

Schnell kritzelte er die Bitte, Heu für die Ziegen einzustreuen, auf einen Zettel und steckte diesen an das Schlüsselbrett neben der Tür. Dann ging er unmotiviert ins Badezimmer, putzte sich die Zähne. Er betrachtete sich im Spiegel, seine dunklen müden Augen, den Pickel auf der Stirn. Lieber wäre er noch einmal ins Bett gekrochen. Schlafen. Er fühlte sich kraftlos und ausgelaugt. Bis halb drei Uhr früh hatte er gelesen. Vier Stunden später läutete der Wecker.

Wenn er es sich recht überlegte, wusste er gerade nicht mehr, was er so lange noch gelesen hatte. Manchmal überflog er vor lauter Müdigkeit einfach die Sätze und Zeilen, ohne wirklich den Sinn oder Zusammenhänge zu erfassen. Er würde alles noch einmal lesen müssen.

Lehrer glauben ja immer, das eigene Fach sei jeweils das Wichtigste. Aber am schlimmsten von allen war der DUCe. Der machte jetzt schon Stress wegen der Matura. Ständig fragte er nach der „Leseliste". Zweiundzwanzig Bücher sollten bereits jetzt für die mündliche Prüfung im Juni „vorbereitet" sein. Verrückt. Der konnte ihn mal kreuzweise. Besser wäre, gar nicht erst hingehen. Die ganze Schule nervte ihn momentan – genau wie sein aufgeschlagenes Buch am Schreibtisch. Das Bücherbord daneben erdrückte ihn. Zweiundzwanzig Bücher, spätestens bis Weihnachten, und zwar so, dass man jederzeit eine Inhaltsangabe schreiben könnte. Wie sollte das gehen? Er brauchte Luft. Brauchte Freiraum, Freiheit. Brauchte eigene Gedanken und keine geschriebenen Weisheiten. Oder vielleicht noch Vaters erhobenen Zeigefinger: „Ohne Fleiß kein Preis".

Noch vor einem Jahr hatte er gern gelesen, Pierre Boulles „Planet der Affen" und „Die Brücke am Kwai", Hemingways „Wem die Stunde schlägt", Dostojewskis „Schuld und Sühne" oder auch Thoreaus „Walden" und „Über die Pflicht zum Ungehorsam...". Auf einem Flohmarkt kaufte er einmal eine ganze Schachtel voller „Walden", die in einem Buchgeschäft bei Umbauarbeiten leicht beschädigt worden waren. Zu Weihnachten schenkte er dann jedem Freund und Verwandten, sogar Mutter und Onkel Johann, ein Exemplar. Gelesen haben es die wenigsten. Martin war deswegen enttäuscht. Wie konnte man „Walden" achtlos am Nachttisch liegen haben und nicht ein einziges Mal hineinlesen?

Er nahm seine Lederjacke, setzte die Schildkappe verkehrt herum auf, schlüpfte in die Turnschuhe. Fast bedächtig ging er die Treppe hinunter. Doch plötzlich machte er kehrt. Besser gar nicht erst hingehen. Besser schwänzen. Und zwar den ganzen Tag. Dann konnte sich auch der DUCe nicht lange aufregen. Krank ist krank. Fertig. Er stahl sich nochmals leise zur Wohnungstüre hinein, nahm Mutters Handy und telefonierte mit dem Sekretariat – „ …ja, ich bin der Vater, wie gesagt er ist krank, bitte informieren Sie den zuständigen Lehrer. Besten Dank."

Martin trat aus dem Hauseingang und schloss sorgfältig ab. Es war kalt.

Die barocken Bürgerhausfassaden wirkten im milchigen Nebel wie künstlerisch entfremdete Aquarelle. Sonst so vertraute Häuserreihen schienen irgendwie entrückt. Ein Straßenarbeiter kehrte Laub zusammen. Kahle Bäume standen wie Plastikskulpturen im Nieselregen.

Eines stand fest – wenn die Matura in die Hose ginge, würde er sich beim Bundesheer verpflichten. Jägerbataillon oder Pionier. Vielleicht würde er später sogar die Pilotenausbildung machen. Mit Mutter konnte man darüber wieder einmal nicht reden, sie hatte nur ihren ewigen Zynismus parat: „Glaube nicht, dass dir der Schliff dort gefällt – aber vielleicht wird dann aus dem gutgläubigen, verhätschelten Gymnasiasten endlich ein Mann…" Manchmal redete Mutter wie der Cervak.

Martin vergrub die Hände tief in den Taschen der engen Jeans und ging weiter, die Straße entlang in ein schemenhaftes Nirgendwo. Beim Gehen wurde einem wenigstens warm. Kaum blieb man stehen, kroch die feuchte Kälte schon wieder durch die Hosenbeine.

Die Josef-Straße Richtung Bahndamm war menschenleer. Nur beim Bäcker neben dem Gerichtsgebäude war schon was los, da saßen ein paar Anzugträger an einem der kleinen Tische und tranken Kaffee. Martin wunderte sich, wie wenig er diese Stadt kannte. Jeden Tag fuhr er mit dem gleichen Bus in die Schule. An den Wochenenden trafen sie sich in den gleichen Lokalen im Zentrum und selbst wenn er mit dem Rad unterwegs war, fuhr er immer auf den gleichen Radwegen. Vielleicht sollte er die ganze Stadt einmal systematisch erkunden, es gab sicher viele Gassen und Straßen, wo er bisher noch kaum gewesen war.

An der Ecke Kernstockgasse bog er ab und ging weiter in Richtung Neustadtseite. Die großen Mehrparteienhäuser mit dem Schild einer Wohnbaugenossenschaft wirkten heruntergekommen, am Spielplatz dazwischen standen kaputte Klettergerüste. Martin wunderte sich, warum es dann Neustadt hieß. Er achtete zu wenig auf die Straßennamen und gelangte bald an eine Kreuzung, die er überhaupt nicht kannte. Er blieb stehen und schaute genauer, versuchte sich zu orientieren. Er fischte sein Handy aus der Jacke, aber – Scheiße – der Akku war leer, er hatte anstecken vergessen, nichts mit google maps.

Am Straßeneck gegenüber stand ein mehrstöckiges, graues Haus, mit einem großen, aus Granitblöcken gemauerten Portal. Die Fassade war dort und da abgebröckelt. Darunter kamen rote Backsteinziegel zum Vorschein. Die Fenster waren klein und mit Gittern versehen. Wo war er hier? Was war das für ein Gebäude? Geradeaus, vermutete er, würde er zum Stadion gelangen. Rechts die Straße runter müsste richtungsmäßig der Güterbahnhof sein, doch da nach links? Ihm wollte nichts einfallen. Er wurde neugierig, überquerte die Straße. An jedem zweiten Haus hingen normalerweise die blauen Schilder mit den Straßennamen. Aber hier? Er konnte nichts sehen. Da waren keine Schilder. Vielleicht war der Eingang ein Durchgang, eine Passage und er kannte die Parallelstraße? Er überlegte nicht lange und schaute hinein. Aber da war nur ein finsterer, fensterloser Gang – nach wenigen Metern nachträglich mit Ziegeln roh zugemauert. Eine Garage? Oder was konnte das sonst sein? Martin ging ein paar Schritte weiter. Jetzt erst sah er, dass ganz hinten eine Treppe nach unten zu führen schien. Er ging wieder nach draußen.

In der Straße parkten einige Autos, aber kein Mensch weit und breit zu sehen. Der Regen wurde stärker. Um nicht vollends nass zu werden, blieb Martin beim Portal stehen und stellte sich unter. Er fluchte auf das Wetter, holte seine Zigaretten aus der Tasche und zündete sich eine an.

„Ein seltsames Gebäude", dachte er, inhalierte tief und beugte sich kurz in den Regen hinaus, um zu kontrollieren, ob die Stellen, wo die Fassade abbröckelte, womöglich noch von alten Einschusslöchern aus dem letzten Krieg herrühren konnten. Der Geschichte-Professor hatte einmal erwähnt, dass es in der Stadt noch immer Häuser gab, die im Krieg beschädigt worden waren, und die bisher niemand wieder in Stand setzen ließ, wo in den Fassaden angeblich immer noch die Kugeln von damals steckten. Aber Martin hatte keine Ahnung, wo diese Häuser standen.

Er schaute auf die Uhr – es war schon fast elf. Die Treppe machte ihn neugierig. Er zertrat die Kippe am Boden und ging noch einmal hinein. Das war bestimmt ein alter Bunkereingang aus dem Krieg. Nachdenklich schaute er die ersten paar Stufen der schmalen Wendeltreppe nach unten.

Wie groß war so ein Bunker? Was würde man da unten finden? Vielleicht lag da noch jede Menge Zeug herum – alte Zeitungen, Spielkarten oder egal, irgendwas, das man dort deponiert hatte, um sich im Fall der Fälle ablenken zu können, um bei einem Fliegeralarm oder einem Treffer nicht gleich verrückt zu werden?

Martin zögerte. Seine Finger spürten das kalte Metall des Handlaufes. War irgendwo ein Lichtschalter? Nein. Kein Lichtschalter. Stockdunkle Ungewissheit. Mehrmals drehte er sein Benzinfeuerzeug zwischen den Fingern, bevor er sich vorsichtig einige Stufen hinunter wagte. Nach jedem Schritt schaute er unschlüssig zurück. Die kleine Flamme flackerte, doch die Neugierde war stärker. Also weiter. Aufgeregt zählte er Stufe für Stufe. Die Treppe schien endlos. Mit jedem Schritt wurde Martin unwohler. Die Wände fühlten sich kalt an. Dann streifte er ein Spinnennetz und es durchfuhr ihn wie ein Stromschlag. „Verfluchtes Scheiß-Vieh!". Er atmete flach und schnell. Was wenn sein Feuerzeug den Geist aufgab? Wie weit ging das noch so hinunter? Martin wurde unsicher. Das konnte nicht sein.

Da singen die Sirenen, weil sich eine Bomberstaffel nähert, und dann sollten die Bewohner einer ganzen Häuserzeile diesen Weg hier nach unten in den Bunker stolpern? Da hätte es allein deswegen schon die ersten Toten gegeben. Aber was sollte das sonst sein, wenn nicht ein Bunker? Vielleicht hatte es früher noch einen anderen Eingang gegeben, der irgendwie verschüttet worden war? Er ging weiter. Nach 88 Stufen erreichte er eine schwere, eisenbeschlagene Tür. Jetzt klopfte ihm das Herz bis zum Hals. Was war dahinter? Wohin würde er gelangen? Oder war sie ohnehin zugesperrt?

Vorsichtig drückte Martin die Klinke nach unten. Nein. Nicht zugesperrt. Er öffnete die schwere Tür wenige Zentimeter. Spähte durch den Spalt.

Im ersten Reflex zuckte er zurück. Erstarrte vor Schreck. Menschen! Da waren Leute!

Er zitterte. Wankte. Suchte Halt an der Wand. Was zum Teufel war das? Sein Atem ging stoßweise, viel zu schnell. Vor Angst würde er sich gleich in die Hosen machen. Panisch drehte er sich um. Inspizierte noch einmal die kahlen Wände des Zuganges im Schein seines Feuerzeuges. Von seiner Stirn tropfte der Schweiß. War das eine ihm unbekannte Kellerbar oder irgendein Club? Nein – keine Werbeaufschrift, kein Lichtschalter. Kein Hinweis. Nur sein eigener, zitternder Schatten. Vielleicht ein Personaleingang, oder Notausgang? Sein Feuerzeug würde nicht mehr lange brennen.

Wieder spähte er durch den Spalt. Die Leute in diesem matt beleuchteten Raum wirkten entspannt. Manche rauchten. Auf den Tischen standen Getränke. Leise Musik. Dahinter eine Bar.

Martin schaute genau hin. Beobachtete. Nichts schien verdächtig, doch beruhigen konnte er sich nicht. Heftig pochte das Blut in seinen Schläfen. Er wischte den Schweiß ab. Schüttelte wieder und wieder den Kopf. Unter der Kapuzenjacke klebte das T-Shirt nass auf der Haut. „Einatmen, ausatmen", flüsterte er vor sich hin und wiederholte es mehrmals. Aber erst Minuten später begann sich sein Puls widerstrebend zu verlangsamen.

Es war unheimlich. Und doch, wenn er jetzt wieder umdrehte, flüchtete, würde er nie erfahren, was er hier entdeckt hatte. Seine Knie und die Hände zitterten, alles schien zu beben. Er versuchte sich zu konzentrieren, versuchte die Angst zu überwinden. Sollte er es wagen? Massakrieren würden ihn diese Leute offenbar nicht. Im schlimmsten Fall war er wohl unerwünscht und man würde ihn hinauswerfen. Dann wusste er auch was los war.

Also nahm er all seinen Mut zusammen. Gab sich einen Ruck. Trat ein. Die Scharniere quietschten. Manche der Gäste schauten kurz auf, nickten freundlich, doch so richtig nahm niemand von ihm Notiz. Der Raum war gut beheizt. Schon nach wenigen unsicheren Schritten, fasste Martin Vertrauen.

Große, seltsame Stehlampen beleuchteten das Gewölbe gleichmäßig. Wie Funken tanzten Reflexionen des Lichtes in den Augen der Anwesenden. Er staunte über die Größe der Lokalität. Zögernd steuerte er zwischen den Tischen durch Richtung Bar.

Martin schnaufte tief ein. Immer noch zitternd nahm er auf einem der freien Hocker Platz und gab vor, die Getränkekarte zu studieren.

Am Nachbartisch schillerte ein seltsam grünes Getränk in einem riesigen Glaskelch im Schein der Kerze. „Auch so was", bestellte er leise und unsicher. „Gerne", lächelte die hübsche Kellnerin, „Du bist neu hier?" Sofort bekam sein Gesicht Farbe. Er nickte, da war sie auch schon wieder weg.

Martin war fix und fertig und erholte sich nur langsam. Das war tatsächlich irgendeine Kellerbar. Er hatte nie von so etwas gehört. Auch seine Freunde kannten das sicher nicht. Die würde er einmal hierher mitnehmen, dann würden die schauen. Gespielt lässig fischte er seine Zigaretten aus der Jacke und klopfte sich eine aus der Packung. Kurz schloss er die Augen und stütze seine Stirn auf die Hand. Rauchen beruhigt. Nach dem Schock vorher, fühlte er sich jetzt eigentümlich wohl, fast geborgen irgendwie.

Wieder schritt die Kellnerin in dem kurzen, engen Kleid auf ihren hohen Absätzen überraschend sicher und flink vorbei, „Passt alles?" Wieder errötete er und nickte nur. Verstohlen folgte ihr sein Blick.

Gleichzeitig schaute er sich jetzt aber auch das Lokal genauer an – ein ausgedehntes Ziegelgewölbe, in regelmäßigen Abständen durch mächtige Säulen abgestützt. Die

Einrichtung bestand aus dunklem, rötlichem Holz. Martin kannte sich damit nicht aus, vermutlich Kirsche. Vertäfelungen an der Wand, sowie die Bar selbst zierten Einlegearbeiten aus hellen Hölzern mit fein strukturierter Maserung, wie zerstäubte Wassertropfen. Der Boden war fast fugenlos mit Specksteinplatten ausgelegt und strahlte Wärme ab. Andere Heizkörper konnte er nicht sehen.

Weiter hinten im Raum, schien es eine Tanzfläche zu geben. Einige Gäste tanzten und sangen zur Musik, andere wiederum saßen ruhig, aber gebannt daneben und schauten zu.

Die Atmosphäre war äußerst angenehm. Auch die Lautstärke war angenehm. Die Leute redeten und lachten, gestikulierten durcheinander, und doch war es kein Durcheinander. Episoden begannen sich aus dem kollektiven Wortschwall zu schälen. Martin konnte schon bald einzelnen Gesprächen folgen – und er war überrascht. An einem der Tische schwadronierte ein alter, weiß-haariger Herr gerade über Entwicklungshilfe und deren oft fatale Auswirkungen, wenn die Helfer sich auf die Kultur des „Empfängerstaates" nicht einlassen. Und an der Bar hinter ihm diskutierte eine unangenehm laute Stimme mit einer ruhigen besonnenen über Quantenphysik.

Wo war er da hingeraten? Das musste irgendein elitärer Verein sein. Vielleicht ein Versammlungslokal vom Klub der Wissenschaftsjournalisten etwa, oder sonst eines „geschlossenen Kreises". Oder war das gar der Salon einer Freimaurerloge?

Er schaute sich argwöhnisch um und dämpfte die Zigarette im Aschenbecher aus. Gerade noch hatte er sich völlig wohl gefühlt. Plötzlich aber überlagerte sich das freundliche Lächeln dieser Menschen auf absurde Weise mit den hohen Tönen der Sänger. Diese Leute benahmen sich so übertrieben höflich. Ihr zur Schau gestellter Sanftmut, wirkte unecht. Wie ein perfekt inszeniertes Fernsehbild. Eine Romanze ohne Handlung.

Sie schienen jeder Gestik, jeder Bewegung, jedem Augenaufschlag demonstrativ Bedeutung beizumessen. Selbstgefällige Bildungsbürger.

Und sie redeten nicht, sie parlierten. In dem ganzen Laden war eine gespielt geistvolle, unwirkliche Atmosphäre, wie im Professorenzimmer zur Mittagspause oder bei der Versammlung einer Sekte.

Anbiedernd, besitzergreifend. Ein intellektuelles Sonderangebot, das ihn schwindlig machte.

Vielleicht lag es an seiner Aufregung, oder an diesem verfluchten, grünen Fusel. Martin schauderte.

Wer waren all diese Leute und warum waren sie hier?

Genau in dem Moment ging eine kleine Gruppe im Gleichschritt an der Bar vorbei Richtung Tanzfläche und rezitierte irgendwelche Verse. Kunstvolle Sätze. Und doch blieben nur handliche Silben, unverständliche Laute. Als würden sie den Text zerhacken. Es machte ihm Angst. Diese ganze perfekte Berieselung bedrückte ihn, drohte ihn zu verschlingen.

Weg von hier, er musste weg.

Martin rutschte eilig von seinem Hocker und rannte viel zu schnell zu der Tür hin, durch die er den Raum betreten hatte. Aber in seiner Panik stolperte er, stieß gegen eine dieser lichtflutenden Stehlampen und stürzte.

Die Lampe taumelte wie ein Kreisel bevor sie umfiel. Martin wurde unglücklich am Kopf getroffen. Für einen Moment lang lag er bewusstlos am Boden.

2

Der Schädel brummte. Ein bohrender Schmerz von der Schläfe bis hinter das linke Ohr.

„Na? Gut geschlafen?", fragte eine freundliche Stimme.

Martin schlug die Augen auf. Vor ihm stand ein vielleicht 30-jähriger Mann mit weichen, fast weiblichen Zügen. Die Arme des Mannes waren vor seinem Oberkörper verschränkt. Er steckte in einer engen Jacke, deren Ärmel offenbar auf den Rücken gebunden waren.

„Wer bist Du? Wo bin ich? Was ist passiert?", versuchte Martin sich zurechtzufinden. Sein Gegenüber lächelte süßlich. „Ich bin Johann. Aber sie nennen mich Jacke – eben wegen dieser Jacke hier…", damit wies er mit dem Kinn auf seine verschränkten Arme, „Du bist hier bei mir in meiner Zelle. Warum weiß ich nicht – irgendwas wirst auch du angestellt haben"

„Angestellt?" Martin fasste sich vorsichtig an den Kopf, „angestellt? Was heißt das? Was meinst Du?" Er wollte sich aufrichten, doch sofort tanzten Funken vor seinen Augen, stöhnend sank er zurück auf das Bett.

„Naja", meinte sein Gegenüber, „wer hier einsitzt, ist in den Augen der Gesellschaft wohl irgendwie schuldig…" Wieder lächelte er. Von Anfang an konnte Martin dieses Grinsen nicht ausstehen. Langsam und vorsichtig, wie aus Glas, richtete er sich auf.

Der Raum war nicht recht groß. An der Stirnseite befand sich ein vergittertes Fenster, durch das man einen begrünten Innenhof sehen konnte. Davor, rechts und links jeweils an der Wand angebracht, befanden sich zwei Betten. Am anderen Ende der Zelle, hinter einem Vorhang neben der Tür gab es ein Klo mit einem Waschbecken. Über Jackes Bett klebte das Poster einer dürftig bekleideten Blondine.

„Was meinst du mit einsitzen? Wo sind wir hier, was ist das hier?", versuchte er Jacke noch einmal zu einer vernünftigen Antwort zu bewegen.

„Ein Gefängnis"

„Ein Gefängnis?! Warum ein Gefängnis? Ich hab nichts getan, niemandem irgendwas getan!" Martin hatte absolut keine Ahnung, wie er hier her gekommen war.

Er war spazieren. War im Regen unterwegs gewesen. Und dann? Was war passiert?

„Ja. Klar", sagte der Mann, „wir sind alle unschuldig."

„Aber hör mal. Das muss ein Missverständnis sein. Warum sollte ich ins Gefängnis?"

„Es ist aber ein Gefängnis. Vielleicht hast du dich sinnlos besoffen und bist zur Ausnüchterung hier?", Jacke schaute Martin unschuldig an. Der wischte sich seine Augen und überlegte. Er hatte höllische Kopfschmerzen, aber keine Ahnung, wo er so viel getrunken haben könnte. Nein. Irgendein letzter Fetzen Erinnerung wäre doch da. Aber er konnte sich an rein gar nichts erinnern. Geschweige denn, dass er eine Ahnung hatte, wo er aufgegriffen worden wäre. Er stand auf und versuchte die Tür zu öffnen, drückte dagegen, vergeblich. Jacke lachte: „Na, du kannst es wirklich nicht glauben, was?"

Martin wurde aus dem Typen nicht schlau. Er musterte ihn genauer. „Ist das eine Zwangsjacke, in der du da steckst?"

Wieder lächelte der Mann, „Ja, eine Zwangsjacke", meinte er fast vergnügt.

Martin war verzweifelt. Wo war er hier hingeraten? In eine Nervenheilanstalt? Was war mit diesem Zimmerkollegen los? Der steckte in seiner Zwangsjacke und war entweder wirklich bescheuert, oder zumindest bescheuert genug, dass er den Zustand als irgendwie witzig empfand. Und warum hatte der überhaupt seine Zwangsjacke? War der gefährlich? Warum hatte Martin, wenn er schon hier sein musste, nicht auch so eine Jacke?

„Sag, wenn das ein Gefängnis ist, warum bist du hier? Was hast du ausgefressen? Warum hat man dir diese Jacke verpasst?"

Diesmal ließ sich Jacke mit der Antwort Zeit. Er schaute Martin lange an. „Da gibt es diese Anschuldigungen, Behauptungen. Ich war zur falschen Zeit am falschen Ort. Hatte kein Alibi. Es ging um eine tote Frau. Stranguliert. Mit ihrem eigenen Büstenhalter. Ich mein…"

„Und?! Warst du es? Bist du deswegen in der Jacke?!"

„Wer sitzt schon zu Recht im Gefängnis? Es war... – so etwas wie ein Unfall. Ich bin kein Mörder, kein Tier. Und was soll ich hier in der Zelle schon anstellen? Wenn die Recht hätten – und ich doch ein Mörder wäre, dann ja wohl ein Frauenmörder. Und weder du noch ich sind Frauen. Diese Jacke ist die reinste Folter."

Ein Mörder. Martin wich unwillkürlich zurück. Ein verrückter Frauenmörder. Er wollte nur raus. Stellte sich zur Tür, trommelte dagegen. Aber der Kopf tat so weh. Nach wenigen Schlägen musste er sich wieder auf das Bett legen.

Jacke zeigte wieder sein überfreundliches Grinsen, „Hei, so geht es jeden am Anfang... du gewöhnst dich dran!"

Martin wollte nichts davon hören. Viel mehr interessierte ihn, wann ein Wärter kommen würde. Wie er Kontakt zur Außenwelt aufnehmen konnte, zu seinen Eltern. Durfte er einen Anwalt kontaktieren?

Aber Jackes Antworten beantworteten gar nichts.

Martin kam immer mehr zu dem Schluss, dass der Mann einfach nur wahnsinnig war und die Zelle ein Sonderzimmer in einem Krankenhaus. Vieles sprach dafür. Es gab hier keine harten Gegenstände, nichts womit man sich hätte verletzen können. Die Wände waren mit weichen Platten verkleidet, die massiven Fenstergitter nicht erreichbar. Etwa eine Handspanne davor befand sich im Rahmen eine Art Netz, feinmaschig und widerstandsfähig. Das Waschbecken allerdings und das Klo waren massive Keramik. Auch am Wasserhahn, der silbrig aus der Wand ragte und mit einem

Hebel zu regulieren war, konnte sich ein Verrückter, wenn er lange genug dagegen rannte den Kopf aufschlagen.

„Vergiss es", sagte Jacke als könnte er Martins Gedanken lesen, „das Eck dort ist tabu. Sobald du hinter diesen Vorhang trittst, wird automatisch der Wärter alarmiert, irgendwie mit Bewegungsmelder oder so, das hab ich noch nicht herausgefunden... Sicher, ein-, zweimal den Kopf anschlagen bevor der Wärter kommt, ginge sich aus – aber ich bin ja nicht verrückt. Obwohl, ich könnte es hier noch werden: Nicht einmal aufs Klo darf ich allein gehen. Immer hab ich diesen Aufpasser mit. Und der ist ein schadenfroher Sadist. Manchmal kann er sogar nett sein. Meistens aber ist er eiskalt und hinterhältig. Da ist jeder Schwerverbrecher ein Chorknabe dagegen."

Endlich wurde der Riegel vor der Tür gehoben, der Schlüssel bewegte sich im Schloss und ein breitschultriger Uniformierter kam wortlos herein, sah sich mit seinen wachen, kalten Augen um. Jacke tänzelte sofort ins letzte Eck der Zelle. Auch Martin hätte sich gern versteckt. Doch er nahm sich zusammen. Endlich würde er Antworten bekommen.

„Entschuldigen Sie bitte..." – der Uniformierte sah ihn mit stechendem Blick an. Sofort kam Martin ins Stottern. Und auf seine daher unklar formulierten Fragen, warum er hier sei, wo er überhaupt sei und wie und wann er wieder gehen könnte, erntete er lediglich ein spöttisches Lächeln: „ Sie können wieder gehen, wenn ihr Fall abgeschlossen ist." Damit schlug der Wärter die Stiefel zusammen, machte auf den Absätzen kehrt und verließ die Zelle. Die Tür wurde wieder sorgsam verschlossen.

So ein Arschloch! Martin pochte das Blut im Kopf, die Beule hinter der Schläfe schmerzte. Ob ihn da wer geschlagen hatte? Mit einem Baseballschläger vielleicht, wie im Film, oder so ein Wärter mit seinem Gummiknüppel? Er legte sich auf sein Bett und starrte gegen die Wand. Seine Erinnerung endete dort, wo er diese schwere, beschlagene Tür geöffnet und irgendeinen Raum betreten hatte... aber was war dann passiert? Tränen traten in seine Augen. Er fühlte sich völlig hilflos.

„Ja, so ist der...", brummelte Jacke und schaute Martin aus seinen braunen Dackelaugen mitleidig an. „Und weißt Du wie der heißt? Beliar. Er ist böse, durch und durch böse, gemein selbst wenn er nett ist!" Jackes gespielt unschuldige Art, oder eben sein Wahnsinn – Martin konnte das nicht so einschätzen – machte ihn aggressiv, „Halt doch die Schnauze und lass mich in Ruh."

Einige Zeit lang hielt sich sein Zellengenosse an diese Anweisung und Martins Ärger verflog wieder. Aber bald schon begann er unruhig herum zu wetzen, stand auf, setzte sich wieder, ging Richtung Fenster, ging Richtung Tür. Schaute Martin an, schaute wieder weg.

„Was ist?", fragte Martin genervt. Doch irgendwie tat ihm der Typ auch leid. Wie konnte man nur tagelang in so einer Jacke stecken und dabei nicht verrückt werden? „Ach nichts", stöhnte der resignierend, „es gibt gleich Essen."

Wirklich wiederholte sich bald der geräuschvolle Ablauf an der Tür. Derselbe breitschultrige Mann kam herein. Wieder verzog Jacke sich ins linke Eck unter dem Fenster.

„Du fütterst ihn – verstanden?", sagte der Wärter forsch und übergab Martin zwei Teller, und zwei kleine, runde Kinderlöffel. „Ihr klopft, wenn ihr fertig seid". Diesmal sperrte er nur zu, der Riegel wurde nicht vorgeschoben.

„Bitte, knüpf mir die Jacke auf, nur eine Hand! Ich möchte einmal wieder selber essen dürfen, einmal nur. Bitte" In Jackes Augen standen Tränen. Martin überlegte kurz. Niemand würde grundlos einen anderen in so eine Jacke zwängen. Außerdem konnte er dabei nur verlieren. Auch wenn Jacke nicht gefährlich war, wenn der Wärter es merkte, würde Martin sicher Probleme bekommen. „Komm, das geht schon. Ich füttere dich."

„Feigling", sagte Jacke und eine Träne lief ihm übers Gesicht.

Martin hatte seiner Nachbarin oft zugesehen, wie die ihr Kind fütterte, aber er stellte fest, dass das gar nicht so einfach war. Den letzten Löffel verweigerte Jacke. „Das muss ich übrig lassen, ich brauch das noch… aber iss zuerst, dann erklär ich dir das. Danke übrigens fürs Füttern. Der Wärter ist ein brutaler Kerl."

Während Martin aß, saß Jacke völlig regungslos am Bett, den Blick irgendwo ins Leere gerichtet.

Das Essen schmeckte gut. Kleine Fleischstückchen, Soße und Reis, pikant gewürzt. Was zum Teufel war passiert, was war es, das er angeblich angestellt hatte?

Endlich schluckte er den letzten Bissen. Sofort begann Jacke wieder aufgeregt herum zu wetzen. Seine bloßen Füße steckten in großen weichen Filzpantoffeln. Jetzt zog er diese aus und öffnete mit den Zehen geschickt die Abdeckung eines Lüftungsrohrs unter seinem Bett. Ein leises scharrendes Geräusch. „Mäuschen… Mäuschen", säuselte Jacke und wirklich tauchte schon nach wenigen Sekunden der Kopf einer riesigen, ungustiösen Ratte auf.

„Sie heißt Frieda… Kannst Du ihr bitte meinen Teller hinstellen?" Jackes Dackelaugen schauten fragend. Martin nickte nur langsam, dann stellte er Jackes Essenreste unter dessen Bett. Beide beobachteten nun schweigend das Vieh.

„Sie ist mein einziger Freund. Sie interessiert nicht, ob ich schuldig bin. Solange ich ihr nur einen Teil von meiner Ration abgebe, bleibt sie loyal."

Martin reagierte angewidert. Er drehte sich weg. „Nachts verschieb ich dein Bett so weit, dass der Fuß davon vor dieser Abdeckung steht. Damit das klar ist! Ich will so ein Vieh nicht im Raum!"

Jacke nickte zwar, aber einverstanden war er nicht. Was war schon schlimm daran? Wichtig war nur, dass sie in dem Lüftungsrohr verschwand, bevor der Wärter die Zelle betrat – und das machte sie reflexartig.

Martin klopfte gegen die Tür. Jacke drückte sich wieder in sein Eck. Das Geschirr wurde abgeholt.

„Weißt du, da draußen gibt es die wildesten Spekulationen über mich. Mörder sagen die einen, Doppelmörder die anderen. Nur wenige glauben an meine Unschuld.

Dabei gibt es nur Indizien, eine dünne Beweislast – wirklich beweisbar ist nichts… aber die Unschuldsvermutung gilt in meinem Fall offenbar nicht.

Ohne Frieda wäre ich längst schon verrückt geworden.

Auch so schlafe ich oft schlecht. Schlimme Träume verfolgen mich. Manchmal bin ich mir selbst nicht mehr sicher – hab ich wen stranguliert? Vergewaltigt und ermordet? Aber es sind nur Träume. Schlechte Träume."

Martin ersparte sich eine Entgegnung.

„Dabei schreibe ich Geschichten, verfasse manchmal sogar Gedichte… Und ist es nicht wie mit dem Singen? Wo man singt da lass dich nieder, böse Menschen haben keine Lieder…

Schöngeistigkeit geht doch nie Hand in Hand mit Gewalt, Mord und Totschlag".

Jackes Ausführungen machten keinen Eindruck. Sein Zellengenosse zuckte nur mit den Schultern.

„Aktuell hab ich einige Zweizeiler im Kopf – pass auf, was hältst Du davon", fuhr er fort und räusperte sich:

„Am vergitterten Fenster in zartherber Luft

entsteht eine Sprache unglaublicher Kraft."

Erwartungsvoll schaute er Martin an. „Naja", sagte der abschätzig, „fast ein Rilke".

„Oder dieser:

wenn Gott dir deine Augen öffnet

scheint schmerzend kaltes Neonlicht."

„Das reimt sich nicht. Das ist kein Zweizeiler. Höchstens ein Gedicht-Fragment."

Jacke ließ sich nicht beirren, „Ja vielleicht, aber was hältst du davon?"

Martin musste offenbar noch etwas unfreundlicher wer-den. Er konnte gern darauf verzichten, von diesem Häfnpoeten mit Zweizeilern überhäuft zu werden. „Es ist Scheiße, wenn du mich fragst. Ich kann mit Gedichten sowieso nichts anfangen."

„Du redest wie meine Mutter", empörte sich Jacke nun, „sie hat nie einen Sinn für Kunst entwickelt. Hatte nie Interesse für meine Liedertexte in der Schultasche, meine fertigen Roman-Manuskripte.

Kein Verständnis, wenn ich meine eigene Welt bei Sauftouren mit den Kumpels erfunden habe.

Oder wenn ich später am Heimweg mir die geschundene Seele aus dem Leib kotzte.

Kein Verständnis. Kein Interesse

Selbst und ganz allein musste ich leben lernen. Leben trotz der Krisen und Kritiker, trotz Banausen und spieß-bürgerlicher Widerstände."

Jacke machte eine bedeutungsvolle Pause, nickte mehr-mals mit dem Kopf, überkreuzte seine Beine und erzählte im Schneidersitz leicht nach vorne gebeugt weiter:

„Was folgte war so etwas wie ein Roadmovie:

Sirtaki, Retsina, Metaxa – Furlana, Barolo, Grappa – Cancan, Bordeaux, Calvados – Flamenco, Rioja, Torres…" Er lächelte und zwinkerte. „Also kurz zusammengefasst… Du verstehst?"

Martin verdrehte seine Augen, aber schwieg.

„Dann dort, nach der kurzen Überfahrt, in dem Opium-keller, da hab ich mich verliebt… verliebt in eine Prostituierte. Aber irgendwas fehlte. Und mit den Tagen ging auch das Geld dahin, genau wie die Liebe.

Und mir fiel es wie Schuppen von den Augen: ich liebte diese Frau gar nicht. Ich hab lediglich die Selbstsicherheit dieses käuflichen Mädchens bewundert. Sie hatte sich

Selbstachtung bewahrt – aber wie konnte ich jetzt meine eigene wieder zurückerobern?

Ich tat, was ich tun musste. Noch in derselben Nacht machte ich mich wieder auf den Weg. Nun hatte ich keine Angst mehr vorm Leben. Ich war frei. Zumindest für den Augenblick…"

„Du hörst dich gern reden, oder?!", Martin spürte, wie Jacke ihn mehr und mehr nervte, sein Selbstmitleid. Seine Dackelaugen. „Und was hast du mit der Frau gemacht? Sie umgebracht? War das auch ein 'Unfall'?"

Nun standen Tränen in Jackes Augen, „Du bist wie all die anderen da draußen, die mich für schuldig halten. Bist genauso selbstgefällig und roh, genauso unwissend und gefühllos." Beleidigt drehte er sich weg.

Martin hatte nun seine Ruhe, aber auch ein schlechtes Gewissen. Schließlich steckte Jacke in seiner Jacke und was auch immer er angestellt hatte, die Haftbedingungen muteten unmenschlich an – wenn er nicht völlig wahnsinnig war und die Maßnahme quasi zu seinem, nämlich Martins, Schutz diente…

„He, Jacke… tut mir leid. Ok?"

Jacke nickte nur und schwieg vorerst.

Viel später fragte er mit leiser, zittriger Stimme. „Kannst du mir eines verraten?"

„Ja?"

„Ein Soldat zum Beispiel, der verletzt, der tötet – ist der ein Mörder? Sind Soldaten Mörder?"

Martin hob den Kopf. Sollte er sich darauf einlassen? Konnte man mit Jacke überhaupt eine richtige Diskussion führen? Würde so ein Gespräch ablenken und helfen, die Ohnmacht zu lindern?

Zumindest könnte es helfen jene quälende Frage zu beantworten, ob Jacke verrückt war oder nicht. Er ließ sich darauf ein. „Naja, also ich würde sagen, er ist dann ein Mörder, wenn seine Taten außerhalb der eigentlichen Kampfhandlungen stattfinden…"

„Theoretisch klingt das ganz gut", sagte Jacke und seine Stimme bekam Körper, „aber praktisch sprichst du jeden Kriegsverbrecher damit frei – Militärs werden immer behaupten, dass alles ‚kriegswichtig' ist – selbst Vergewaltigung – um vielleicht die Moral des Feindes zu schwächen.

Wer fällt mir ein…? – Churchill zum Beispiel. Kennst du den?"

„Den Politiker? Engländer? Ja, den kenn ich – ‚no sports', oder ‚trau keiner Statistik, die du nicht selbst gefälscht hast'…"

Jackes penetrante Dackelaugen schauten naiv irgendwie, während sich sein ganzes Gesicht zu einem unsympathischen Grinsen verzog: „Beide Zitate sind nicht von ihm. Das eine hat ihm ein Journalist in den Mund gelegt, das andere stammt von einem deutschen Bischof – dem Dibelius, egal.

Ja, er war ein Politiker, aber nicht nur das. Als Soldat ritt er bei der letzten großen Kavallerieattacke der Briten mit.

Später als Regierungschef befahl er gegen Ende des zweiten Weltkrieges Flächenbombardements auf deutsche Städte – zu einem Zeitpunkt, als das strategisch bereits nicht mehr erforderlich war.

Einige Jahre danach erhielt Churchill den Literaturnobelpreis.

Ich frage dich: Ist er, der Soldat, der auch Zivilisten tötete – er, der Befehlshaber und Politiker, der ganze Städte auslöschte, zu verurteilen? Ist er ein Kriegsverbrecher? Oder soll man jenen glauben, die ihm den Literaturpreis verliehen haben? Ist er ein Schöngeist?"

Martin staunte nicht schlecht. Woher schöpfte Jacke sein Wissen? Bücher aus der Anstaltsbibliothek? Er zögerte. „Es war Krieg, Krieg gegen einen skrupellosen Diktator…"

Wieder grinste Jacke: „Krieg. Richtig. Das legitimiert alles. Genau das Argument würde Hitler auch gebrauchen – wenn er noch leben würde…"

Martin wurde ein wenig schwindlig. „Was willst mir damit sagen? Was willst du überhaupt?"

„Ich will Gerechtigkeit", sagte Jacke, „Wenn ich ein Mörder sein soll, dann sind diese Leute hundertfache Mörder. Da die aber nie in irgendeinem Gefängnis saßen, will auch ich frei sein."

„Am Ende wird sich immer noch die Frage stellen, ob du schuldig bist."

„Schuld ist etwas sehr Subjektives – ist Churchill etwa objektivierbar schuldig oder unschuldig?"

Wieder spürte Martin diese klamm kalte Antipathie für seinen Zellengenossen. Wie ein schmieriger Anwalt redete er sich mit einigen wohltemperierten Sätzen aus der Verantwortung. Eigentlich war es ihm völlig egal, ob Jacke schuldig war oder nicht. Für seine schlüpfrigen, selbstmitleidigen Ausreden allein, saß er gerechter Weise hier.

Jacke redete weiter. Mit geröteten Wangen, großen Augen:

„Churchill und Konsorten bringen den friedlichsten Ziegenhirten dazu Soldat zu werden. Bringen ihn dazu für einen Staat oder Befehlshaber Menschen zu töten.

Sogar Frauen macht man mittlerweile schon zu Soldaten – dann arbeiten eben Kinder in den Waffenfabriken und garantieren den Nachschub…

Doch selbst dieses ‚Menschenmaterial' geht manchmal aus. Dann schrecken so Schreibtischtäter nicht einmal davor zurück, Kinder zu Soldaten zu machen. Sie befehligen dann Mörder, die jünger als dreizehn sind. Kindersoldaten.

Vielleicht bin ich jetzt zynisch, aber folgerichtig frag ich mich da manchmal, wer arbeitet bei denen in den Waffenfabriken? Affen?

Für Macht und Geld tun Politiker alles. Befehlen Mord, Totschlag, Folter – Wahnsinn. Meistens geht es rein ums Geld, unmittelbar, oder über den Umweg ‚Religion‘.

Die alten Ägypter haben daran erinnert, indem sie den Toten jeweils eine Münze unter die Zunge legten. Für Charon den alten Kapitalisten, der ohne Lohn kein einziges Opfer über die Wasser des Grausens bringt…"

„Jetzt machst du aber einmal einen Punkt!", schrie Martin und fuchtelte mit seiner Faust gefährlich vor Jackes Nase herum. Jacke schreckte unwillkürlich zurück und drückte sich in sein Eck, als wäre der Wärter zur Tür hereingekommen.

„Man kann sich alles schönreden. Und du wirst immer noch ein größeres Monster finden. Irgendein Arschloch, das noch skrupelloser, noch böser ist. Tatsache bleibt, dass du lieber deine eigenen Taten reflektieren und nicht ständig nur nach Ausreden oder Entschuldigungen suchen sollst!"

Jacke war für Martin eine einzige Provokation. Am liebsten hätte er ihn verprügelt. Lediglich die Zwangsjacke und die Tatsache, dass Jacke sich daher nicht wehren könnte, hielten ihn davon ab.

„Widerspricht nicht alles, was du in den letzten Minuten von dir gegeben hast, deiner Theorie von: Schöngeistigkeit würde doch nie Hand in Hand mit Gewalt, Mord und Totschlag gehen?

Deine fadenscheinigen Entschuldigungsversuche mit Churchill belasten dich höchstens!"

Jacke schaute überrascht, fassungslos – Martin war vielleicht der erste Mensch, der ihm je wirklich zugehört hatte.

In dem Moment wurde die Tür geräuschvoll geöffnet und der Wärter trat herein. Zu Jacke in seiner Ecke gewandt sagte er: „Du hast die Strafe verbüßt, bist rehabilitiert. Werde Autor und geh hin in Frieden, lebe ein tadelloses Leben".

Er begleitete Jacke hinaus. Martin blieb allein zurück.

Wer würde nun für Frieda sorgen?

3

Die Stehlampe lag immer noch funktionsuntüchtig am Boden und Martin lag daneben. „So ein ungestümer, junger Mann… hat er sich verletzt?", fragte jemand.

„Ungestüm? Ein Tollpatsch eher."

Martin traute sich nicht die Augen öffnen. Er fühlte sich von all den Menschen im Raum beobachtet. Am liebsten wäre er im Boden versunken und wagte nicht sich zu bewegen. Starr lag er neben der Lampe und stellte sich tot.

„Er ist in Ordnung", sagte jetzt eine tiefe, beruhigende Stimme, „er braucht nur noch einige Augenblicke. Er schämt sich. Aber schwer verletzt ist er nicht – eine kleine Beule…"

Dann war Stille. Martin war Brennpunkt eines aus neugierigen Menschen geformten Kreises. Er bewegte sich keinen Millimeter. Die unerträgliche Stille steigerte sich. Er wollte weg. Endlich weg. Wenn es sein musste sterben.

Doch sein Körper war müde und schwer. Martin konnte nicht aufstehen. Er wischte nur kraftlos mit der Hand über den staubigen Steinboden.

Plötzlich spürte er eine kleine Kugel, oder einen Miniaturdiskus zwischen den Fingern.

Was war das? Was verdammt konnte das sein?

Rattengift! Durchzuckte es ihn. Damals als Kind im Keller. Der Hausmeister hatte Rattengift gestreut. Das Zeug hatte genau die gleiche Form. Ja! Rattengift.

Eine Möglichkeit.

Er steckte seine Beute schnell in den Mund und entspannte sich. Jetzt würde es nicht mehr lange dauern. Vielleicht würde er noch Schmerzen fühlen, sich zusammen krümmen, innerlich verbluten, aber bald schon würde alles vorbei sein…

Nichts dergleichen geschah.

Martin wurde wohlig warm. Er zweifelte. Drückte den Nagel seines Daumens fest gegen den Zeigefinger und fühlte den Schmerz. „Witzig" dachte er, „sterben fühlt sich an wie das Leben selber". Unwillkürlich lachte er. Die Umstehenden applaudierten. „Ja!", riefen sie, „er hat es geschluckt". Martin richtete sich auf und wurde von überschwänglichen Menschen beglückwünscht. „Gut gemacht", sagten sie, „jetzt kommt alles wieder in Ordnung, wirst sehen".

Sie klopften ihm anerkennend auf den Rücken. Einige zogen ihn mit sich fort. Die Leute strömten auseinander, an die Bar, auf die Tanzfläche.

Martin war völlig verwirrt und stolperte unbeholfen herum. Suchte den Ausgang.

Was hatte er da geschluckt? Wirklich Rattengift?

Das Licht in der Bar kippte und wurde grün wie sein Fusel im Glaskelch „Ein Gefühl wie der kleine Tod – oder?", grinste ihn die Kellnerin an und zwinkerte.

Die kleine Gruppe im Gleichschritt sang. „*Gaudeamus igitur, iuvenus dum sumus...*" Sie trugen jetzt alle eine römische Toga. Mit breiten Schnallen hatten sie bequeme Umhänge fixiert. Die Stimmung wurde immer ausgelassener. Plötzlich verstand Martin eine Strophe dieses Liedes. Einige sangen offenbar Deutsch: „*Sag mir doch wo trifft man an, die vor uns gewesen? Schwingt euch auf zur Sternenbahn, geht hinab zu Charons Kahn, wo sie längst gewesen!*"

Martins Konzentration ließ nach, er zitterte leicht. Worte und Sätze verwoben sich zu einem unverständlichen Lärm. Vorhin noch hatte er das Durcheinander ordnen können, vorhin trat der Sinn noch zu Tage. Jetzt dröhnte es in seinem Kopf. „*vita nostra brevis est...*"

Er fand den Ausgang nicht und setzte sich wieder an die Bar. „Freut mich, dass Du noch bleibst", sagte die Kellnerin und legte kurz die Hand auf seinen Arm, „wie heißt Du?"

„Martin – und Du?"

„Jean", sagte sie, „ich hab jetzt dann meinen Auftritt – bleibst noch so lange? Danach hab ich frei und Zeit..."

Martin war angespannt. So locker hatte er mit einem Mädchen noch nie geredet, ließ sich aber nichts anmerken. „Ok. Ich bleibe", nickte er, „überredet. Was für ein Auftritt? Tanzt du?"

„Nein, mein Junge – ich spiel Gitarre!" Damit verschwand sie hinter einer Tür, die Martin bisher noch nicht aufgefallen war. Ein Garderobeneingang oder so. Ein Kellner übernahm jetzt die Bar.

„Orangensaft, oder sonst irgendwas Antialkoholisches", bestellte Martin. Er wollte nach Jeans Auftritt wieder halbwegs nüchtern sein und keinen schlechten Eindruck vermitteln. Es reichte auch so schon momentan. Das von dumpfen, tiefen Tönen gepeitschte, grüne Licht durchlief wie eine Wellenfolge den Raum und quälte ihn.

Kurz später blitzte ein heller Strahl durchs Grün und aus dem Nichts stand Jean im Scheinwerferlicht. Motorradstiefel. Enge schwarze Lederhose, Nietenjacke. Die langen Haare hatte sie mit einem roten Tuch zurückgebunden. Der erste Akkord war Wahnsinn. Das ganze erste Lied. Jean hatte eine rauchige Stimme, tief für eine Frau. Aber sie traf jeden Ton. Aus dem Dunkel wurde sie von einem Schlagzeug und einer Bassgitarre begleitet. Martin sprang begeistert wie alle anderen im Takt der Musik herum. Ja! Die schlanke Lederdame, die hier das Publikum hysterisch machte, würde er dann treffen.

Unwillkürlich schaute er sich um. Auf der Tanzfläche standen eigentlich nur Männer. Er blickte in die Runde an der Bar. Auch nur Männer.

Eine dunkle Ahnung stieg in Martin auf. Reifte zu untrüglichem Wissen: Jacke war da. Jacke war hier mitten unter den ausgelassen Feiernden.

Noch einmal schaute er sich die Gäste prüfend an. Keine Frauen. Kein einziges weibliches Wesen. Jetzt wusste er mehr, als er wollte. Wer, wenn nicht Jacke würde so etwas tun?

Martin drehte sich unsicher um und versuchte zu lächeln.

Woher er den zweiten Miniaturdiskus plötzlich hatte, konnte er sich nicht erklären. Er schob das Ding unter die Zunge und spürte wie es sich mit einem kurz bitteren Geschmack auflöste.

Wenig später wurde der Raum in blutrotes Licht getaucht. Womöglich ein Massaker oder eine Kollektivgeburt biblischen Ausmaßes? Auf einmal fehlte jedem Kerl eine Rippe, dafür hatte dann jeder eine Frau zur Seite. Jeder, nur Martin nicht.

Er stellte sich an die Bar. War gekränkt. Bestellte noch ein grünes Getränk. Bestellte eines ums andere. Sein Kopf wurde immer schwerer. Das Kinn sank ihm dann und wann auf die Brust. Er musste weg hier. Heim. Schlafen.

„Trinkst noch einen mit mir?", fragte Jean plötzlich neben ihm, wieder in diesem aufregenden, kurzen Kleid. Martin versuchte sich zusammenzureißen: „Wo kommst du jetzt wieder her?"

„He, mein Junge – es ist schon vorbei. Fünf Zugaben sind genug". Und wirklich hatte die Band aufgehört zu spielen. Das Licht in der Bar war wieder normal.

„Jean, wie bei Norma Jean Monroe oder Bobbie Jean Carter ist ein Frauenname, aber du bist ein Mann, oder?" Martins Ton klang vorwurfsvoll.

Sein Gegenüber lächelte, „Ja. Ich dachte, das wüsstest du… Jean ist hier mein ‚Künstlername' – sonst bevorzuge ich Französisch", er zwinkerte, „und heiße Jean wie Jean Arthur Rimbaud."

Der Kellner stellte noch einmal zwei Gläser her.

„Sei mir nicht böse. Ich muss hier weg. Kannst du mich hinaus bringen, raus aus diesem Raum, Jean?"

Dieser nickte, „Ja, ich bring Dich heim."

4

Der Riegel wurde geräuschvoll entfernt, der Schlüssel drehte im Schloss. Die Tür öffnete sich. Der übliche Wärter betrat die Zelle – mit einem neuen Gefangenen. „Das ist unser Martin-Mauerblümchen", sagte er und sein lautes, gehässiges Lachen verhallte weit draußen am Gang.

Zu Martin raunte er: „Sieh Dich vor, der Kerl ist gefährlich, ein Kriegsverbrecher!" Er verdrehte die Augen, schnitt eine undefinierbare Grimasse und verließ die Zelle.

„Sauber. Vom Regen in die Traufe", dachte Martin. Er starrte seinen neuen Zellengenossen eine Zeitlang unsicher an. Aber was brachte das? Die nächste Zeit – vielleicht sogar Tage oder Wochen – würde er sich mit ihm arrangieren müssen, egal wer der war oder was der angestellt hatte.

„Hei", sagte er und hielt dem Fremden die Hand hin, „ich bin Martin."

„Freut mich, Eugen." Er hatte einen kräftigen Händedruck.

„Und du bist wirklich Kriegsverbrecher?" fragte Martin völlig unbedarft, „ Bist du deswegen hier? Oder wie?"

Eugen machte einen Schritt zurück. Seine dunklen Augen funkelten gefährlich. Feindselig forschten sie in Martins Gesicht.

„Hat der dir das erzählt? Dieser Beliar – der Wärter? Woher weiß der das? Ich mein, Sakrament noch einmal, wo bin ich hier überhaupt? Was geschieht hier? Sollst du mich aushorchen?" Breitbeinig baute sich Eugen vor seinem Zellengenossen auf.

Martin biss sich auf die Lippen, am liebsten wäre er im Erdboden versunken. Er fühlte sich unwohl. Entsprechend dünn war seine Stimme.

Es dauerte, bis Eugen sich wieder beruhigte. Nach einiger Zeit aber wandelte sich sein Ärger fast schlagartig zu stoischer Ruhe. Konzentriert und sachlich befragte er Martin weiter.

Was dieser ihm erzählte, klang eher nach Gehirnwäsche. Nach irgendwelchen Wahrheitsdrogen, nicht nach tatsächlichen, wirklichen Erlebnissen. Außerdem schien er, so wie Eugen selbst, nicht zu wissen, warum er hier war.

Martin fand nur langsam wieder zu seiner Selbstsicherheit zurück. „Und was werfen sie dir nun vor, wenn du nicht wegen deiner Kriegsvergangenheit hier bist?"

„Weiß nicht", Eugen schüttelte fast unmerklich den Kopf, „ich war offenbar bei dem gleichen Hauseingang wie du, diesem gemauerten Portal. Wollte mein Schlachtross dort parken", jetzt lächelte er, „einen 57-er Chevy. Vielleicht ist dort Parkverbot... Nun bin ich hier."

Martin schnaufte tief durch, nahm sich ein Herz, er musste es wissen, sonst würde er nächtelang nicht schlafen können.

„Hast du… ähm, also… hast du selbst… getötet? Es angeordnet? Ich mein… bist du ein Mörder?"

Jetzt war es raus. Eugen schaute ihn seltsam an. Blieb völlig ruhig.

„Es war Krieg", sagte er leise, „ich hab viele Dinge erlebt… unverständliche Dinge. Aber mein ganzes Leben war unverständlich."

Er drehte sich etwas zur Seite, fixierte irgendeinen Punkt an der Wand und überlegte.

Sein Gesicht war ausdruckslos, wie das von einem Pokerspieler. Seine Augen auf eine seltsame Art nach ‚innen' gewandt. Mit einer nervösen Handbewegung strich er dann und wann über die kurz geschorenen Haare oberhalb seines rechten Ohrs. Er setzte sich auf Kopfende des Bettes.

„Ich mein… als Kind lief ich immer mit einem Pinsel herum, bemalte ständig irgendeine Leinwand. Die Messer und Steinschleudern meiner Freunde interessierten mich wenig bis gar nicht. Ich konnte mit drei Jahren schon lesen, erste Buchstaben hab ich gemalt, bevor ich richtig laufen konnte. Saß auf Vaters Schoß und ließ mir antike Dramen vorlesen. Mit fünf konnte ich fließend Latein…

Mutter fürchtete ich würde zum Sonderling. Warum spielst nicht mit den anderen Kindern? Sie kaufte mir eine ordentliche Klinge und eine Steinschleuder – doch ich wollte die Dinge nicht begreifen, so und so nicht.

Ich wusste mit diesem Schwert in meiner Hand nichts anzufangen. Was sollte lustig daran sein Krieg zu spielen? Krieg musste man dann führen, wenn es notwendig war, wenn die Sprache nicht mehr ausreichte, wenn es Klarheit brauchte. Und dann aber konsequent und ohne Pardon, ohne dumme Spiele. Länder erobern. Völker unterwerfen. Als Held verehrt werden.

Es kam wie es kommen musste. Mit der mir eigenen Konsequenz ging ich die Sache an. Ich lernte immer schon gern. Und wenn ich mich erst einmal verbissen hatte, dann strebte ich nach Perfektion. Egal womit oder wobei. Gib mir Gelegenheit zu lernen und ich lerne.

Schon bald studierte ich die Kriegstechniken.

Stolz präsentierte Vater sein strategisches Wunderkind, seinen ‚Mozart an der Stalinorgel'.

Er wurde Kriegsberichterstatter und nahm mich überall hin mit, wo auf dieser schönen Welt Menschen Leid angetan wurde. Gelegenheit mein Wissen zu vertiefen gab es also genug. Ein geborstener Mörser am freien Feld erzählte genau so viel, wie der blutverkrustete Tote im einsehbaren Schützengraben.

Egal wo ich mit Vater hinkam, wenn man es nüchtern betrachtete, hatte der Krieg nur ein Gesicht. Auch die Protagonisten ähnelten einander frappierend.

Bald schon schien mir, es gab überhaupt nur einen Soldaten. Einen einzigen.

Manchmal stellte er sich tot, manchmal war er verwundet. Meistens aber saß er mit sich selbst und dem anderen Ich, melancholisch singend auf einem kleinen Bahnsteig und wartete.

Wartete auf ein zufällig vorbeikommendes Mädchen, auf einen Bauern, der ihm Brot schenkte, einen Wirt, der mit ihm auf die Freiheit anstieß, oder auf den schwarzen Schattenbruder, der ihm gebot sich tot zu stellen.

Ich war zornig, wenn ich ihn so sah. Es war Verschwendung. Auch wenn es nur ein einziges Leben war.

Krieg ist ein logistisches Problem zumeist. Da geht es um Nachschub, um Effizienz. Verschwendung kann Niederlage bedeuten. Dummheit das Leid einer ganzen Nation. Krieg ist ein Handwerk. Ich studierte es. Exzessiv.

Armeen warten auf Männer wie mich. Zornige, junge Männer, die Helden werden wollen, Kriegsherren. Meine wahre Vorsehung, mein Talent zum Dichter und Schöngeist ging im Kampfgetöse verloren.

Jeden Weiler, jeden Wald und jede Wiese betrachtete ich ausschließlich als kühl planender Stratege. Wo meine Stiefel die Erde berührten war Schlachtfeld.

Doch immer wieder sah ich den Soldaten. Wie er resignierte. Wimmerte. Vor Angst weinte. Wie er hoffnungslose Briefe schrieb und wie dadurch die Feldpost zum einzigen Lebensmittelpunkt wurde.

Die ganze verdammte, unmenschliche Kriegsmaschinerie gegen diesen einen unbedarften Mann zu mobilisieren, erschien mir bald wie Gotteslästerung.

Allein wegen dieser Briefe, hatte sich der kämpfende Mann die Niederlage nicht verdient. Auch wenn er sich jeweils nur tot stellte und dann wieder da am Bahnsteig wartete. Seine traurigen Weisen sang.

Immer wieder zögerte ich also, wenn zum entscheidenden Schlag ausgeholt werden sollte. Immer wieder vertagte ich Schlachten und verschenkte trotz bester Ausgangspositionen meine Siege. Schlacht um Schlacht.

Immer wieder fand ich hinter den Barrikaden und in Schützengräben unvollendete Briefe dieses Soldaten – an stolze Mütter, schmachtende Geliebte, an strenge Väter oder verwundete Brüder.

Ich fing wieder an zu beten, wie früher mit Mutter vor dem Einschlafen. Inständig bat ich um Frieden. Um den Waffenstillstand. Lange schon nicht mehr für mich oder den Sieg.

Der Gegner schlug sich tapfer. Ich wusste um sein Potential.

Wusste aber auch, dass ich sogar mit dem letzten Schuss den Krieg am Ende noch gewinnen könnte – allen bis dahin verlorenen Schlachten zum Trotz. Mir stand ja schließlich nur ein Mann gegenüber.

Doch wieder: Meine Erkundungsritte, meine Aufklärungsflüge wurden mehr und mehr zur Flucht nach vorne. Am Endpunkt dieses reziproken Rückzuges stand ich plötzlich an vorderster Front. Mann gegen Mann. In dem Moment wusste ich, der Sieg war nahe.

Ich hätte Dichter sein können, Künstler oder einfach nur Schuster oder Schreiner. Nein. Sie machten einen Kriegshelden aus mir.

Damals, als Mutter mich das Schwert begreifen ließ und damit meine Konzentration auf militärische Ziele lenkte, zerplatzte mein schöngeistiges Talent wie ein Luftballon am Jahrmarkt.

Bei meiner Rückkehr aus dem Krieg begleiteten mich Marschkapellen und auf jedem kleinen Dorfplatz jubelten mir die Leute zu, wie einem Zirkuspferd oder einem Drehorgelaffen…"

Eugen machte eine gedankenverlorene Pause. Die Erzählung seiner Kriegserlebnisse schien ihn zu belasten. Schweiß hatte sich auf seiner Stirn gesammelt. Mit jedem Wort war er mehr in sich zusammengesunken. Nun stemmte er seine Ellbogen gegen die Knie und stützte den Kopf auf seine Hände.

Sein Gesicht war nicht mehr unbewegt. Er schaute beinahe gequält. Eine fast befremdliche Reue mischte sich mit seinem selbstsicheren Stolz. Bedauernde Bescheidenheit mit der Empfänglichkeit für Ruhm und Ehre.

‚Der Typ ist nicht normal, der ist krank', dachte Martin. ‚Was für ein Blödsinn, was der schwafelt'. Aber er sagte nichts, um Eugen nicht irgendwie zu provozieren. Tat so, als würde er interessiert und gebannt zuhören. Bei einem war er sich aber jetzt sicher: Das hier war doch kein Gefängnis. Wenn Martin sich nicht als Proband in einer sadistischen Versuchsreihe befand, dann konnte es sich bei dieser Anstalt nur um ein Irrenhaus handeln.

Aber warum hielten die ihn selbst hier fest? So sehr er sich das Hirn zermarterte, an eine psychische Erkrankung, oder an eine Straftat konnte er sich nicht erinnern. Wahnhafte Vorstellungen? Ja vielleicht – wenn die Zellengenossen hier nicht echt wären, nicht existent, frei erfunden. Soweit Martin es aber einschätzen konnte, fehlten ihm eher nur seine letzten Erinnerungen. Wegen teilweiser Amnesie wird man doch nicht stationär gehalten?!

„Ja. Wie ein Drehorgelaffe", begann Eugen wieder, „so einer, von dem ich träumte. Ein dressierter Affe.

Immer wieder plagten mich damals Alpträume. Von einem Pavian aus einem medizinischen Test. Intelligenter als alle anderen Affen, hochintelligent. Er wurde mir zugeteilt. Ich begann ihm einfache Kunststücke beizubringen.

Irgendwann fand ich heraus, dass die Intelligenz und Geschicklichkeit dieses Affen sogar ausreichte, Kopfzünder auf Artilleriegeschosse zu schrauben. Zuständige Wissenschaftler hatten bereits eine „flächige" Studie dazu begonnen.

Endlich wusste ich, warum dieser Affe akkurat in meinem Traum die Hauptrolle spielte.

Ich wälzte mich damals immer wieder unruhig und schlaflos herum – aus Angst, der Pavian würde sich erneut in mein Feldbett schleichen.

Statt diesem aufdringlichen, beischlafenden Traum wäre mir eine Frau lieber gewesen.

Wenigstens der Soldat.

Aber der würfelte mit seinem Alter Ego und verlor dabei Verstand und Sold.

Das Leben ist schon verrückt."

Am nächsten Tag wollte Martin der Kopf zerspringen. Übelkeit durchschnürte seinen Körper wie ein krampfendes Flechtwerk. Das brennende Gefühl auf seiner Haut schrieb er dem quälenden Durst zu. Er fühlte sich leer und ausgetrocknet. Die Hände zitterten. Im Mund ein ätzend schaler Geschmack. Neben ihm auf diesem fremden Bett zierte Erbrochenes das Laken. Hilflos analysierte er die Konsistenz und versuchte sich zu erinnern, was er abends noch gegessen hatte.

Er hatte die Nacht hier nicht allein verbracht, wenn er die Sache richtig einschätzte. Das Bett war ziemlich zerwühlt. Wie war er in diese Wohnung gekommen? Wie lange lag er schon hier? Und: Wo lag er?

Martin wollte zum Fenster. Sich orientieren. Aber er konnte seine Bewegungen nicht koordinieren. Es gelang nicht. Wie gelähmt lag er auf diesem Bett und rätselte, warum er jetzt allein war, warum er überhaupt so allein war.

Endlich wälzte er sich herum, mit einem Ruck. Aber er hatte schon ganz am Rand gelegen. So fiel er, ohne noch irgendwas dagegen tun zu können, von der Bettkante und schlug hart am Boden auf.

Nach Sekunden oder Stunden dieser schmerzhaften Erfahrung, wischte er hilfesuchend mit der Hand über den Boden. Plötzlich spürte er eine kleine Kugel, oder einen

Miniaturdiskus zwischen seinen Fingern. Martin dachte nicht lange nach, schob sich das Ding unter die Zunge und spürte wie es sich bitter säuerlich auflöste.

Sofort wurde ihm wohlig warm, die Kraft kehrte zurück. Er rappelte sich auf, schaute aus dem Fenster: nichts als gleißendes Sonnenlicht.

Er trat aus einem Hauseingang, wo irgendwas fehlte. Eine Gestalt. Eine Erinnerung. Ein erster Kuss. Aber die Bilder zerflossen, bevor er sie benennen konnte. Vielleicht hatte er so einen Hauseingang schon einmal in einem Film gesehen, vielleicht überhaupt die ganze Situation.

Die Tür zum Kellergewölbe stand offen.

„Speedy" ist wieder da, riefen Martins neue Freunde.

Ein Gefühl wie heimkehren. So fühlte sich das an. „Speedy" hörte sich vertraut an. Speedy Gonzales war nur schnell mal weg.

6

Martin hatte Angst, richtige Angst. Die ganze Nacht saß er einfach nur da und konnte nicht schlafen. Dieser Eugen war völlig daneben. Der hatte irgendein Trauma, irgendeinen Schaden, geistig oder emotional – oder beides. Wenn der erzählte, hatte er völlig leere Augen und verkrampfte Gesichtszüge.

Nichtsdestotrotz klang seine Geschichte irgendwie „steril". Wie ein Schachspiel. Als könnten die Figuren beliebig aufgestellt, ausgetauscht werden und vor allem so, als könnte man jederzeit eine neue Partie beginnen.

Martin hätte gerne die andere Seite gehört. Die Version des Soldaten.

Er klopfte dem Wärter. Sofort saß Eugen aufrecht am Bett. „Was ist los? Angriff?" Doch dann besann er sich, legte sich wieder hin.

Draußen am Gang schlurften Schritte, geräuschvoll wurde der Riegel an der Tür entfernt, der Schlüssel drehte im Schloss.

„Ist irgendwas?", herrschte der Wärter Martin an. Der schaute diesmal allerdings nicht gleich verdutzt auf den Boden und kam auch nicht ins Stammeln. „Ich... möchte in eine andere Zelle. Will verlegt werden", forderte er bestimmt und mit fester Stimme, „außerdem will ich endlich wissen, warum ich hier bin!"

„Was warum?"

„Können wir draußen reden?" Martin wies mit dem Kinn auf seinen schlafenden Zellengenossen.
Wider Erwarten ging der Wärter mit ihm hinaus.

„Verlegt werden will ich wegen dem da, wegen Eugen – also, bei allem Respekt, aber Eugen ist vielleicht richtig hier – ich nicht."
Ein bisschen schlotterten Martin die Knie schon, doch der Wärter verfiel plötzlich in einen angenehmen Ton: „Wurde auch Zeit, dass du normal wirst, dass du wieder fühlst, was du bist.

Ich habe auf diesen Tag gewartet!

Warum du hier bist? Du suchst nach Vergebung. Du willst das Gute, das Lichte in dir. Aber du verleugnest dich dabei: Du bist kein melancholischer Maturant. Kein idealistischer Träumer. Bezwinge deinen Schattenbruder in dir. Du bist Soldat. Handle auch so!"

„Wie? Was? Was soll ich sein?", Martin war fassungslos. Der Wärter war kein Wärter, der musste auch hierher gehören…

„Soldat. Du heißt nicht umsonst so. Mars, Martis – du Lateiner du!" Nun grinste der Wärter. Martin verstand gar nichts mehr.

„Du bist kürzlich erst gefallen. Jetzt willst du nur mehr nach Hause du Muttersöhnchen, heim willst du und deinen Frieden. Hast du vergessen, dass Toleranz gegenüber Intoleranz nicht tolerabel ist? Oder zeigst du endlich wieder normale Reflexe und Reaktionen – mit dem Wahnsinn dieser Mörder hier konfrontiert?"

„Wo bin ich hier überhaupt?"

„In einer Anstalt für geistig abnorme Rechtsbrecher".

„Und was soll ich jetzt?"

„Du wirst Soldat – denn wie heißt es: Wer kämpft kann verlieren, wer nicht kämpft hat schon verloren!"

7

Wieder lag Martin in diesem fremden Bett. Wieder war das Laken durchwühlt, wieder war er allein.

Er war sich sicher: am Hauseingang unten würde immer noch was fehlen. Eine Gestalt. Eine Erinnerung.

Plötzlich klopfte es an der Tür. Martin erschrak. Er brachte nun sicher jemanden in eine peinliche Situation. Kompromittierte wen, wenn er jetzt öffnete.

„Moment", bat er – wohl zu leise, denn es folgte ein fürchterlicher Krach und vier schwer bewaffnete Männer einer Sondereinheit stürmten ins Zimmer, „fixierten" ihn. Martin hätte sich sowieso nicht bewegen können, geschweige denn wehren.

„Gesichert", „Gesichert" meldeten Beamte aus den anderen Räumen der Wohnung.

„Endlich haben wir Dich!", meinte einer, der ihm das Knie in den Rücken stemmte und ihm gleichzeitig Handschellen anlegte. Martin wurde sofort schlecht.

Der saure Geschmack von Erbrochenem ließ ihn angeekelt erschauern. „Bitte, darf ich mir den Mund ausspülen?" Der Mann gestattete es.

Vor dem Eingang wartete ein Polizeiauto mit Blaulicht. Aus den Fenstern der Häuser schauten neugierige Nasen verstohlen hinter dem Vorhang hervor.

Martin wurde quer durch die Stadt gefahren und in einem ehrwürdigen Zimmer dem Strafrichter vorgeführt.

„Warum bin ich hier?", fragte Martin in die Stille.

„Sie werden der Sachbeschädigung und Zechprellerei beschuldigt. Im Augenblick wird noch der tatsächliche Sachschaden bestimmt. Wir warten auf den Barbesitzer. In wenigen Minuten wissen wir mehr...", antwortete der Richter mit ruhiger Stimme.

Kurz später öffnete sich die Tür und ein graumelierter Herr trat in Begleitung eines weiteren Beamten ein. „Ron. – Cha Ron", stellte er sich dem Richter mit einer leichten Verbeugung vor, „ Ich bin zwar nur der Türsteher, aber ich darf in dieser Angelegenheit den Chef vertreten. Hier die schriftliche Vollmacht…"

Der Richter runzelte kurz die Stirn, las das Schriftstück durch.

„Gut, Herr … ähm … Cha Ron, ich will es kurz machen. Es hat einige Zeit gedauert, bis wir Martin als Täter gemäß ihrer Anzeige ausforschen konnten. Er war übrigens noch einige Male in ihrer Bar, vom Personal offenbar unerkannt?!"

Der Türsteher zuckte mit den Schultern, „davon weiß ich nichts…"

„Wie auch immer...", fuhr der Richter fort, „das tut jetzt auch nichts zur Sache. Reden wir also über den eigentlichen Verhandlungsgegenstand. Im Vorfeld wurde darüber ja schon Einvernehmen erzielt – wenn der Sachschaden nicht zu hoch ist, und sie einverstanden sind, würde ich gerne einen außergerichtlichen Tatausgleich für den Jugendlichen bestimmen..."

„Natürlich", nickte der Mann, „ich glaube ja, dass der ganze Vorfall nicht vorsätzlich geschah."

„Dann sind wir uns einig", freute sich der Richter, „ich schlage den Ersatz der kaputten Stehlampe und die Begleichung der offenen Zeche vor, sowie zehn Tagesdienste Sozialarbeit im städtischen Altersheim – Martin, nehmen Sie diesen Vergleich an?"

„Was wäre die Alternative?"

„Bei Uneinsichtigkeit würde es zu einem Verfahren kommen. Vier Wochen unbedingt in der Jugend-strafanstalt als Minimalstrafe würden da sicher anfallen."

„Ok", nickte Martin und war trotz allem erleichtert, „dann nehme ich das gerne an."

Cha Ron nickte wieder freundlich: „Sehr erfreut, wenn wir uns dieser Art verständigen könnten, aber – und ich hoffe dabei auf das Verständnis aller Anwesenden – wir müssen vorerst auch auf einem Lokalverbot bestehen..."

8

Kurz vor Kriegsende, davon war der Soldat überzeugt, stand er plötzlich vor einer Brücke. Er atmete schwer. Zögerte. Die Stützpfeiler schienen beschädigt. Geländer fehlten, dort und da auch Planken. Sollte er es wagen? Da drüber? Seine Ziegen fielen ihm ein. Wie sie oft fast aus dem Stand geschickt auf das Stalldach sprangen. Ging es wenigstens den Ziegen gut? Wer passte auf sie auf?

Der Soldat war noch jung, kein alter Mann ... und doch schon an der Brücke. Gleich da drüben lag San Carlos, aber unter ihm, dieser reißende Strom da, hieß laut Eugen „Kwai".

Verrückt, wie so manches im Krieg. Einmal, andernorts zu einer anderen Zeit, rutschte das Neandertal in den Süden, fast bis an die Plitvicer Seen hinunter, dann wieder war Houston ein Vorort von Bagdad und Halliburton die Heilsarmee.

Im Krieg konnte eben alles passieren.

Hoch über ihm kreisten schwarze Vögel. Die Planken der Brücke schienen morsch. Langsam, vorsichtig und tastend bewegte er sich vorwärts.

Unablässig schnaubten die Geschütze, Geschosse fauchten durch die Luft. Jede einzelne seiner Fasern war angespannt.

Sie hatten ihn überredet Soldat zu werden.

Obwohl, eigentlich hatte er sich freiwillig gemeldet. Eugen selbst rekrutierte eine Sondereinheit. „Landhungrige Ungetüme, Mörder und Vergewaltiger werden kommen, alles vernichten", sagte er, „Frauen und Kinder. Die ganze Existenz."

Ob die Feinde auch eine entlegene Kleinstadt heimsuchen würden? „Ja", meinte Eugen: „Die kommen überall hin, die schlachten Deine Ziegen und Dich auch, wenn es sein muss…"

Da ließ er seine Ziegen im Hof zurück und meldete sich freiwillig. Zog sich die Uniform an und wurde Soldat.

Als er dann an der Front den Feind bei den Explosionen zucken sah, weinen sah, ihn vor Hunger rohes Fleisch essen sah, den Feind bluten, schreien, verzweifeln und sterben sah, war er sich nicht mehr so sicher, ob Eugen recht hatte. Das waren Menschen, wie du und ich. Statisten in diesem Kriegsgeschehen.

Am vierten oder fünften Kriegstag aber, wurde sein bis dahin bester Freund von einer Kugel mitten in die Stirn getroffen. Von anderen Kameraden fanden sie überhaupt nur mehr einzelne Teile. In den Stiefeln steckten oft noch Füße oder im Stahlhelm klebte ausgetretenes Gehirn.

Da wusste der Soldat endlich wofür er kämpfte. Er rächte seine Kameraden. Wer immer dort hinter der Front befehligte, war ohne Gefühl. Diese Zerstörungen, diese Morde mussten ein Ende haben.

Manchmal betete er. Nicht nur, weil er nie wusste, ob er nicht der nächste war. Er betete dafür, diesen einen Befehlshaber, diesen grausamen Menschen töten zu dürfen. In seine Augen schauen zu dürfen, wenn man abdrückt. Keine Skrupel zu haben. Für alle Überlebenden diesen Krieg beenden, und für die Gefallenen. Frieden. Mit einem Schuss. Mit einer Großtat. Er würde nicht zögern. Bräuchte keinen Schießbefehl…

Und dann würde er heimgehen. Heim. Über den Hof. Zu den Ziegen. Durch den Hauseingang. Die Treppe. Sein Zimmer. Schlafen, nur Schlafen.

Am schlimmsten war dieser Lärm. Dieses Dröhnen. Zischen. Stampfen. Rattern. Immer wieder einmal legte sich durchdringend der Klang von Sirenen darüber, wenn sich Bomber wie ein Schwarm brummender Hornissen näherten. Sein müder Kopf nahm die Vibrationen auf, sein Hirn kam nicht zur Ruhe.

Dann ging er über diese Brücke, Schritt für Schritt. Er bat um Verzeihung, aber wusste nicht wen.

Eine Gestalt tauchte auf. Drüben am Ende der Brücke. Ja, natürlich da war wer…

Feinde? Die Gestalt schüttelte klar erkennbar den Kopf. Hatte er verstanden? Der Soldat schaute genau hin. Nun nickte der Mann. Wer war das?

Ein Wächter? Ja. Er nickte. Am Weg zur Unterwelt? Bin ich schon tot? Diesmal zauderte der Mann zuerst, dann verneinte er.

Die Geschosse schlugen immer näher ein. Er wusste, er hatte keine Zeit zu verlieren. Soweit erkennbar, war der Mann unbewaffnet. Er ging vorsichtig weiter.

War das die Endschlacht? Der andere schüttelte wieder seinen Kopf. Endlich war er in Rufweite. „Was – nein?", brüllte der Soldat entnervt.

„Es ist nicht Ragnarök!", rief der andere.

Ragna was - ? Keine Ahnung, was der meinte. „Wer bist Du?", fragte er.

„Heimdall."

In dem Moment schlug eine Granate nur wenige Meter hinter dem Soldaten in die Brücke ein. Die morschen Planken barsten. Er stürzte in die Tiefe. Aus, es ist aus, dachte er. Und was wird jetzt aus meinen Ziegen?

Bevor er unten aufschlug, sah er Heimdall erneut nicken, „Den Ziegen geht's gut."

Das war alles, was der Soldat von dieser Welt noch sah und hörte.

Dann stand er auf einmal neben Heimdall und wunderte sich.

9

Martin machte sich vom Gericht aus auf den Weg zum Altersheim. Er hatte ein flaues Gefühl, zitterte und sein Gleichgewichtssinn spielte verrückt. Dicke Schweißtropfen sammelten sich auf seiner Stirn, liefen ihm in die Augen. Er setzte sich auf die Bank bei einer Bushaltestelle und schloss kurz die Augen. In seinen Ohren summte ein hoher Ton. Immer wieder hörte er dahinter besorgte Stimmen.

Ein kleines Mädchen rüttelte ihn an der Schulter. „Brauchen Sie was? Soll ich die Rettung rufen?", piepste sie aufgeregt und wies auf ein altes Tastentelefon in ihrer Hand. Martin schüttelte den Kopf. „Es geht schon. Danke".

Verfluchte Übelkeit, er musste weiter. Er stand auf, ging hinter das Wartehäuschen und übergab sich.

Am Stadtbrunnen spülte er seinen Mund aus, benetzte sich die Stirn. Endlich erreichte er die vom Richter bestimmte Adresse.

„Wir haben schon auf Dich gewartet." Eine ältere Schwester händigte ihm Eimer und Wischmopp aus. „Da ist Schmierseife, drüben bei den Toiletten das Wasser. Du schrubbst hier den Gang und wenn du fertig bist, kommst wieder zu mir." Er nickte nur, tat wie ihm geheißen und fing an.

Im Kübel steckte ein Plastikeinsatz, dort konnte man den Mopp auswringen. Es dauerte eine Weile bis er alles im Griff hatte. Dann allerdings wischte er zügig drauf los.

Vorne am Glasfenster bei der Information stand ein hagerer, alter Mann mit einer verkrampften oder verkrüppelten rechten Hand, die er wie ein Handy ans Ohr hielt. Dabei starrte er bedächtig zur Decke.

Bald schon folgte er Martin wie ein Schatten. „Da sind… also – noch Haare", ermahnte er ihn mit einer etwas gepressten Stimme ohne überhaupt hinzusehen. Oder „Hier ist noch… also – Staub!" Wie er dann allerdings mit seinen zur Decke gerichteten Augen ein 2-Cent-Stück finden und vor Martins Mopp „retten" konnte, war diesem ein Rätsel. Wie der Blitz stürzte er sich drauf, polierte es mit einer Hand am Hemd und steckte es schnell in die Tasche.

Martin sah sich hilflos um. Eine Schwester beruhigte ihn: „Jeschua tut nichts, er braucht nur immer Ansprache und Beschäftigung – wenn du klar kommst, kann er noch kurz hier bei dir sein?! Ich bring ihn dann ins Zimmer, ok?"

Jeschua folgte ihm weiterhin. „So wie du schwitzt, ist das… – also Schwerarbeit", oder „Da brauchst du nicht putzen, den mag ich… – also nicht", kommentierte er. Bei der nächsten Tür versuchte er dann schelmisch lächelnd einem offenbar an Alzheimer erkrankten Patienten ein Geschäft vorzuschlagen: „Wir tauschen Arbeit gegen Mittagessen. Wir machen hier alles sauber, dafür schenkst du uns dein… – also Essen!"

Aber der Mann in der Tür schaute nur irritiert: „Hat alles so seine Vor- und Nachteile", meinte er, zwinkerte und fuchtelte kurz mit dem Gehstock herum.

Langsam verlor Martin seine Unsicherheit. Der alte Mann war witzig. „Haben Sie früher auch manchmal geputzt?", fragte er ihn. Kurz ließ Jeschua seine Handy-Hand sinken und schaute ihn mit großen Augen an: „Bin ja keine Hausfrau, so wie… also – du!"

Martin lachte und putzte weiter. Wie ein Schatten wich Jeschua nicht von seiner Seite. Irgendwann kam die Schwester wieder und wollte Jeschua ins Zimmer bringen. „Nein, nein!", rebellierte der, „nicht ohne die Putzfee!" Er hielt sich mit seiner gesunden Hand an der Tür fest und ließ sich nicht dazu bewegen ins Zimmer zu gehen.

Jetzt schaute die Schwester hilfesuchend. Martin meinte: „Wenn es für Sie und meine Sozialdienstauflagen passt, dann übernehme ich das schon…"

Dankbar überließ ihm die Schwester ihren Patienten. „Ich regle das mit der Oberin", sagte sie und verschwand in ein anderes Zimmer. Jeschua freute sich und ließ los. Lammfromm ging er mit Martin ins Zimmer. „Hier hört mir ja niemand mehr zu", erklärte er, „da muss ich solche Gelegenheiten beim Schopf… also – packen!"

Er legte sich in sein Bett und bat Martin ihn zuzudecken, dann sagte er ganz geheimnisvoll: „Pass auf – das war so:

Ich bin hier eigentlich kein Einheimischer nicht. Bin von woanders wo... also – her. Ich wurde in der Stadt nur sesshaft, weil Mutter und mein Bruder..., naja, das war nicht schön, aber die konnten nicht anders, als mich... also – zurücklassen. Nicht anders.

Es waren verworrene Zeiten. Schlechte Zeiten.

Vater war damals auf der Suche nach Arbeit. So kam er hier... also – her. Ein Gastarbeiter. Wegen der Wirtschaft. Am Bau.

Weihnachten, obwohl das vor diesen Jahren noch anders hieß, wollten Mutter und Simon, mein Bruder, ihn besuchen. Mutter war hoch... also – schwanger", Jeschua lächelte und machte eine unbeholfene Handbewegung, „natürlich zu mir, schwanger.

Auf der vorletzten Etappe gab es plötzlich auf einem Bahnhof keinen Anschlusszug. Wegen außergewöhnlicher Schneemassen – also Massen Schnee, waren jegliche öffentliche Verkehrsverbindungen außer Betrieb.

Und es war gerade Olympiade oder so, Winterspiele. Die Unterkünfte waren... also – voll. Es gab kein freies Zimmer, schon gar nicht nur für eine Nacht.

Ein Bauer bot an, Mutter und Simon könnten die Nacht in seinem Stall verbringen. Am nächsten Tag würde er ihnen einen Lastesel leihen, mit dem sie über den Pass kommen... also – würden.

Simon legte Decken auf das Heu und bereitete für Mutter ein Nachtlager, doch... also – die Aufregung war zu groß, sie hat noch in der gleichen Nacht entbunden.

Schon am nächsten Tag wollte Mutter weiter zu Vater. Sie fühlte sich zwar stark... also stark genug, aber sie war ein bisschen panisch. Mich... also gaben sie deswegen im Krankenhaus ab. Da gibt es so Babyklappen heißt das, wo man Kinder kurz ablegen kann und sie später wieder mitnimmt. Sie legten mich in dieser Klappe... also – ab, und machten sich auf zu Vater.

Es schneite immer noch stark und schneite... also –schneite und schneite. Der Esel sank bald bei jedem Schritt bis zum Bauch ein. Sie kamen nicht recht weit. Völlig erschöpft holte Mutter das Handy aus der Satteltasche und rief... also – Vater an: „Entschuldige bitte", sagte sie, „wir schaffen es nicht. Der Esel sinkt viel zu tief ein..."

Jeschua lachte laut los, schadenfroh, bekam kaum Luft, weil es ihn so amüsierte: „Vater glaubte im ersten Moment sie redete von Simon! Er meinte... also – Simon!"

Es dauerte eine Weile bis Jeschua sich beruhigte und weitersprechen konnte: „Doch das Missverständnis war schnell aufgeklärt. Natürlich war Vater traurig, aber er verstand, dass ein Besuch unter diesen Umständen, oder eben nicht mehr Umständen, jedenfalls kaum... also –Sinn machte.

Mutter war genauso froh… also – wie Simon, dass sie mit dem Esel nicht über den hohen Alpenpass mussten. Kehrt… also – Marsch.

Als die beiden bei der Babyklappe vorbeikamen, sahen sie nach. Doch so oft sie auch öffneten, ich kam nicht wieder…also – raus.

Simon fragte im Krankenhaus. Der zuständige Primar, der hochnäsige Herr Universitätsprofessor Beliar, musterte Mutter von oben bis unten, bevor er recht barsch – also barsch sagte: ‚Gute Frau, sie sind die letzten zwei Tage auf einem Esel herumgeritten, und jetzt wollen sie mir weismachen, dass dieses abgegebene Kind ihres wäre? Sie sollten Märchenbücher schreiben'.

Mutter war erzürnt. Der… also – Kerl hätte sie ja einfach nur untersuchen müssen, aber was nützte es, wenn dieser Gott in Weiß keine Möglichkeit sah… – also mich, zurückzugeben.

Sie nahmen …"

Plötzlich war Pause. Mitten im Satz. Jeschua hatte die Augen geschlossen. Der Mund war halb geöffnet, doch er gab keinen Mucks mehr von sich. Martin fühlte rasch den Puls.

Offenbar nur eingeschlafen. Er läutete der Schwester. „Wenn er schläft passt das schon – Du kannst gehen. Danke!"

Doch Martin kam nicht weit. Noch bevor er vorne am Gang die Informationsstelle erreicht hatte, schrie Jeschua in seinem Zimmer aufgeregt herum. Die Tür war angelehnt, daher war nicht alles zu verstehen, aber immer wieder laut und vehement das Wort „Putzfee". Die Schwester sauste aus dem Zimmer und lief Martin nach. „Können Sie bitte noch einmal herkommen", bat sie, „er sagt, er hätte nicht zu Ende erzählt, das ist für ihn das schlimmste: Geschichten ohne Ende."

„Was erzählt er da eigentlich?" fragte Martin.

„Jeschua bringt alles durcheinander. Er ist ein bisschen verwirrt, dement wie wir glauben und leidet an Parkinson. Früher war er Lehrer, sehr gläubig. Heute glaubt er in einem Stall auf die Welt gekommen zu sein..."

Martin nickte. Betrat das Zimmer erneut. „Ich war nur kurz auf der Toilette. Sie waren noch nicht fertig mit Ihrer Erzählung."

Jeschua schaute glücklich. „Wo war ich, was hab ich zuletzt erzählt?"

„Dass der Primar sagte, ihre Mutter solle Märchenbücher schreiben..."

„Ah ja... der Primar... also ‚Primat' wäre passender...also:

Mutter war erzürnt. Der Kerl hätte sie ja einfach nur untersuchen müssen, aber was nützte es, wenn... also – dieser Gott in Weiß keine Möglichkeit sah mich zurückzugeben?!

Sie nahmen den Zug. Die ganze Fahrt bis Konstantinopel weinte Mutter. Erst auf der Überfahrt mit dem Schiff nach Haifa beruhigte sie sich wieder…"

Jeschua schaute sich um, prüfte, ob sie auch wirklich alleine im Zimmer waren, senkte seine Stimme geheimnisvoll, „Was jetzt kommt, musst Du echt für Dich behalten, ja?! Also…

Ich bin mit einer Lüge, mit einer Lüge aufgewachsen…

Hab einmal einen alten Zeitungsartikel über mich gefunden. Maria, meine Ziehmutter, hätte als Jungfrau im hohen Alter noch ein Kind empfangen. Die Medien… also – lügen. Ich war doch nur vom Krankenhaus zur Adoption freigegeben worden. Marias Jungfräulichkeit tat in dem Fall nichts zur Sache.

Und doch hatte ich dadurch eine schwere Kindheit. Ich hatte es nicht immer… also – leicht. Die Leute behandelten mich irgendwie anders und ich reagierte darauf mit Aggression. Böse war ich, ein böses… also – Kind! Einmal hab ich den Opferstock in der Kirche ausgeräumt. Nicht für mich, Gott bewahre. Ich hab das Geld Bedürftigen gegeben – also egal. Später hab ich ein besseres Leben geführt."

Jeschua nickte vielsagend mit dem Kopf, „Aber jetzt hab ich gute Freunde. Sie werden immer… also – mehr. Ganz gehör ich noch nicht dazu. Noch nicht. Sie sagen ich muss erst mit ganzer Seele dabei sein um dazuzugehören. Aber ich weiß, dass ich mich auf die… also – verlassen kann…"

Er machte ein verklärtes Gesicht und starrte eine Weile zur Decke. Martin war sich sicher, die Geschichte sei endlich zu Ende. „Jeschua…", sagte er zögerlich, „wenn es Ihnen nichts ausmacht, dann werde ich mich langsam verabschieden… Ich hatte einen langen Tag. Eigentlich einen fürchterlichen Tag. Ich brauch ein wenig Schlaf…"

Er nahm die Hand des Patienten, schüttelte sie und wollte gehen. Doch Jeschua ließ nicht aus: „Nein!", forderte er, „nein, nicht schon gehen. Ich bin immer nur… also – allein. Wenn du gehst bin ich wieder allein.

Weißt Du… also – was? Also weißt Du was? Ich zeig sie Dir! Ja?! Du hilfst mir jetzt hier… also – raus. Und ich bring dich zu meinen Freunden. Es ist gemütlich… also – dort."

Martin hatte kein gutes Gefühl, aber gut – wohin würde Jeschua ihn schon führen? Ins Fernsehzimmer dieses Heimes vielleicht, oder in einen Aufenthaltsraum, ein Raucherzimmer. Der alte Mann sprang überraschend gelenkig aus dem Bett und schlüpfte in seine Pantoffel. Draußen am Gang war die Luft rein. Jeschua nahm Martins Hand, dann huschten sie wie Diebe an der Wand entlang bis zum Lift. Erdgeschoss.

„Jetzt lass dir was einfallen, du lenkst den Portier… also – ab, während ich versuche nach draußen zu gelangen…"

„Wir können doch nicht aus dem Gebäude…"

„Natürlich können… also – wir. Ich mach das öfter mal. Komm schon, beeil dich. Lenk… also – den Torwächter da ab!"

Martin beeindruckte Jeschuas Wille, diese aufflackernde Tatkraft und so versuchte er sich vor dem Portier breit zu machen: „Ich suche einen Herrn Maier, Ewald Maier. Der soll irgendwo auf der Pflegestation sein…"

Der Portier tat sein Bestes, „Hm, mal sehen… nein, und hier… auch nein. Es gibt keinen Ewald Maier bei uns. Sind sie sicher, dass der Herr bei uns untergebracht ist? Es gibt nämlich noch ein privates Altersheim hier. Vielleicht haben Sie das verwechselt?"

„Kann sein – Danke trotzdem für Ihre Auskunft. Dann versuch ich es dort einmal."

Jeschua war längst durch die Türe verschwunden. Martin fand ihn am Ende des Hofes.

„Jetzt aber… also – schnell", sagte der alte Mann, hielt seine verkrampfte Hand wie ein Handy ans Ohr und stapfte voraus.

10

Drüben bei der Stehlampe nahe der Mauernische erschauderte der Soldat ein ums andere Mal – aufgeregt, so als würde er böse Erinnerungen abschütteln.

"Waren wir nicht gerade noch auf dieser Brücke – im Kriegsgetöse?"

Heimdall wiegte den Kopf, „So einfach ist das wieder nicht. Es ist schwer zu verstehen – im Grunde aber hast du Recht…"

Der Soldat reagierte ärgerlich. Mit diesem Heimdall konnte man nicht reden, der war sehr seltsam. Vielleicht gab es auskunftsfreudigere Zeitgenossen hier? Er schaute sich um.

Die Decke war ein Ziegelgewölbe, in regelmäßigen Abständen durch mächtige Säulen abgestützt. Die Einrichtung bestand aus edlem Holz. Vermutlich Kirsche. Vertäfelungen an der Wand, sowie die Bar selbst, zierten Einlegearbeiten aus hellem Birkenholz mit fein strukturierter Maserung, wie zerstäubte Wassertropfen. Der Boden war mit Steinen ausgelegt und strahlte Wärme ab.

Weiter hinten im Raum, schien es eine Tanzfläche zu geben. Gäste tanzten und sangen zur Musik, andere wiederum saßen ruhig, aber gebannt daneben und schauten zu.

Die Kellnerin wieselte in einem aufregend kurzen Kleid flink herum und servierte Getränke.

Wie zum Teufel war er hier hergekommen?

Früher schon plagte ihn manchmal so eine Art Alptraum, in dem er das Gefühl hatte zu fallen. Endlos zu fallen, immer schneller zu werden. In ein Nichts zu stürzen. Jedes Mal wenn er dann panisch aufwachte, saß er schweißgebadet am Bett. Aber diesmal? Das war kein Traum. Das war viel zu real. Außerdem trug er immer noch diese Uniform und Stiefel.

Heimdall grinste: „Irgendwann wirst du es verstehen..."

Der Soldat wollte aber nicht irgendwann verstehen, sondern jetzt. Jetzt gleich.

Er brauchte ein ruhiges Eck. In dem geschäftigen Lärm dieser Bar war es unmöglich einen klaren Gedanken zu fassen oder Eindrücke und Erinnerungen zu ordnen. Mit einer kurzen Handbewegung verabschiedete er sich von Heimdall und ging an einen der leeren Tische weiter hinten im Raum.

Was war bevor er von dieser Brücke stürzte? Wie war er überhaupt auf diese Brücke gekommen?

Er hatte Angst gehabt. Da war diese Bomberstaffel, dieser unerträgliche Lärm. Geschützfeuer. Detonationen. Eine durchdringende, alles übertönende Sirene. Er war gelaufen. Durch einen völlig zerstörten Stadtteil. Überall lag Schutt. Aus eingestürzten Häusern schlugen Flammen empor. Flüchtende Menschen. Ein kleiner Junge mit seinem rußschwarzen Gesicht. Den hatte er durch ein gemauertes

Portal in einen Kellereingang bugsiert, „bleib da drinnen, bis alles vorbei ist."

Was war davor?

Genau. Die Rede. Diese bedeutsame Ansprache war davor. Jetzt würde es um alles gehen, hatte der General gesagt.

„Hunde wollt ihr ewig leben?" Wie rollender Donner schmetterten Eugens Worte über uns hinweg. Danach schien alles vergessen. Hunger. Entbehrungen. Schlaflosigkeit.

Endlich Aussicht auf ein Ende dieses Wahnsinns. Nun hätte der Tod der Kameraden dann vielleicht Sinn.

Und die fürchterlichen Bilder würde er endlich aus dem Kopf bekommen.

Den Stiefel mit dem blutigen Beinstumpen. Den Helm mit Resten eines Schädels. Den durchschossenen Kopf des Freundes. Tote Feinde, die wie Puppen herumlagen. Geschundene Körper, entstellte Gesichter. Auch auf der Gegenseite war der Soldat nur ein junger Mann in Uniform. Das hatte ihn schockiert. Zu anderen Zeiten an einem anderen Ort, hätte man vielleicht mit so einem Burschen viel Spaß haben können. Der Feind hatte offenbar ebenfalls so einen Eugen als General. Einen, der junge Menschen verstörte und betörte.

Eugen. Der Mann war damals in die Stadt gekommen. Ging von Tür zu Tür. Stand plötzlich unten im Hof. Rekrutierte Freiheitskämpfer.

„Glaube nicht, dass dir der Schliff dort gefällt", hatte Mutter noch versucht ihn davon abzuhalten.

Aber die Schule, die Lehrer – mit ihrem hochnäsigen „Das Lernen ist kein Spiel, sondern ernste Mühe"… War das ein Leben, nur zu funktionieren? Für eine spätere Karriere die eigene Jugend zu opfern? Wenn jeder kleine Misserfolg zur halben Tragödie hochstilisiert wurde? Jede kleine Prüfung ein Staatsereignis war? Da wurde das Leben zur Hölle.

Eine verpatzte Matura – und schon gab es nicht mehr viele Möglichkeiten. Das hat Friedrich Torberg gut erzählt. Soweit sollte es nicht kommen.

Soldat werden, konnte nur besser sein.

Eugen hatte zustimmend genickt, er überreichte ihm eine Beitrittserklärung und einen Kugelschreiber. Mit der Unterschrift würde er sich zum Militärdienst verpflichten und sich damit alle Wege für eine militärische Karriere ebnen.

In Mutters Augen standen Tränen. „Pass auf Dich auf…" Dann reihte er sich in die Schar der Freiwilligen ein. Für Freiheit und Vaterland. Froh, alles hinter sich lassen zu können. Nur die Ziegen würden ihm fehlen.

Nachdenklich stützte der Soldat sein Kinn auf die Hand. So schnell war das alles gegangen. Jetzt saß er hier in diesem seltsamen Lokal. Das Geheimnis warum, konnte er nicht lösen.

Heimdall stand an der Bar und tat, als ginge ihn nichts was an. Gleich neben ihm stand eine Frau, mit einem kleinen

Jungen. Der sah jenem ähnlich, den er während des Bombardements in den Kellereingang gestellt hatte.

Überhaupt kam es dem Soldaten vor, dass unter den Gästen hier einige bekannte Gesichter waren. Allerdings konnte er die wenigsten beim Namen nennen. Leute aus Film und Fernsehen, aber auch ehemalige Nachbarn. Bei einem war er sich ziemlich sicher, den kannte er aus alten Konzertmitschnitten: Phil Ochs – das war er – der saß allein an einem Tisch und zupfte die Seiten seiner Bassgitarre.

Aber war Ochs nicht schon lange tot? Vielleicht sah ihm der Typ doch nur ähnlich.

Um sich Klarheit zu verschaffen und endlich den Faden aus dieser lähmenden Unwissenheit zu finden, wollte er zu Ochs an den Tisch gehen und nachfragen… – als sich die Tür zum Kellergewölbe leise und langsam öffnete.

Diesmal verstummten alle Unterhaltungen.

Simon, der Barbesitzer, stützte eine zierliche, alte Frau und führte sie zu Phil Ochs' Tisch. Dieser sprang auf, schüttelte beiden die Hand: „Freut mich Magdalena – hallo Simon! Setzt euch, dachte schon ihr kommt nicht mehr…". Die Frau setzte sich: „Wie geht es Dir Phil? Lange nicht gesehen…" Simon schob einen weiteren Sessel zu dem Tisch und setzte sich dazu.

„Naja, danke der Nachfrage, aber mir geht's momentan nicht gut. Ich sitze ständig nur hier unten herum, schreib dann und wann ein Lied und unterstütze die Band bei den

Auftritten. Aber da ist nichts dabei, das mich so richtig ausfüllen würde. Nichts, wo ich den Sinn erkenne. Es ist alles schön und angenehm, aber einfach zu wenig."

Die alte Dame nickte: „Da geht es dir wie meinem Simon hier. Mein Sohn ist auch so ein ewig Unzufriedener. Oder Simon? Du träumst doch auch lieber von den Taten und Tagen früher, anstatt hier und heute dein Leben sinnvoll zu gestalten…"

Simon schaute sie lange an, dann setzte er sich auf seinem Stuhl gerade zurecht, seine Augen leuchteten: „Ja, Mama, wie immer sprichst du die Dinge gelassen und nüchtern an. Du bist zynisch – aber: es stimmt". Er wandte sich Ochs zu, „Weißt du Phil, damals als meine Ideale und Träume nicht nur Frieden, sondern auch Unabhängigkeit von Rom bringen sollten… Jede Nacht schmiedete ich große Pläne, die meisten musste ich wieder verwerfen… aber es war eine unglaubliche Zeit. Ich konnte was tun und versuchen. Nicht so wie heute…"

Phil nickte; „Ja, du warst damals ein ungestümer Idealist, ein Träumer – mit ungeheurer Tatkraft. Ihr kanntet keine Angst! Euer Feind war übermächtig. Die Ziele vielleicht utopisch. Trotzdem habt ihr immer wieder einmal ange-griffen, aus dem Hinterhalt zugeschlagen. Jedes noch so waghalsige Abenteuer war recht.

Ihr wart jung und wurdet durch die schwierige Zeit dann doch viel zu schnell erwachsen."

„Richtig!", warf die alte Dame ein, „alle vier, vor allem aber Jakob und Simon waren ständig im Tempel, oder draußen bei den Eiferern. Haben alte Schriften studiert. Oder diese in Tonkrüge gesteckt, versiegelt, um sie für die Nachwelt zu erhalten." Sie wandte sich Simon zu: „Ihr habt weder die Ziegen gehütet, noch den Acker bestellt. Einer wie der andere ein Taugenichts. Erst diese Aufstände mit den Zeloten machten euch zu Männern."

Am Nachbartisch lachten einige. Magdalenas Vehemenz war unüberhörbar.

Simon fuhr fort: „Eigentlich versuchten wir nur die Strukturen dieser neuen Welt zu demolieren. Die perfekte Logistik des Feindes. Richtige Aufstände waren das gar nicht.

Die eigene Tradition sollte das Volk wieder einen. Nichts ist stärker als die alte Mystik, die uns schon unsere Mütter mit Wiegenliedern einimpften.

Wir waren Rebellen gegen diese neue, diktierte gesellschaftliche Ordnung und wollten doch eine noch strengere alte Tradition zurück. Es passte oft nicht zusammen. Gut, das stimmt. Aber was ist der Welt, der Gesellschaft damals zu unseren Ideen und Zielen eingefallen? Nichts. Aus Bequemlichkeit wurden sie lieber Freund mit dem Feind, anstatt neue Wege zu gehen. Und wie der Feind nannten sie uns auf einmal Zeloten und verfolgten uns.

Ich glaube nach wie vor: Handeln ist besser als nichts tun, oder nur zu missionieren… – oder etwa nicht?"

Einige nickten.

Phil Ochs sagte: „Doch, ja. Es war gut zu handeln.

Aber Simon, schau sie dir heute an diese Zeloten, deine Freiheitskämpfer: Die einen sind blinde Pazifisten ohne den Willen zur Macht. Angepasste Erbsenzähler, ohne Tradition. Die anderen dafür assimilierten sich dem ernüchterten Haufen verfressener, versoffener Menschen, die – wenn überhaupt an was – dann an Sex denken…

Beide könntest du gar nicht mehr zu Widerstand motivieren. Du hast sie, soweit du sie schiebst. Ich mein, Sex ist schon ok, versteh mich richtig, aber nicht als Lebensinhalt und nicht als Religion."

Jetzt grinste die alte Dame. „Das Pendel schlägt einmal in die und dann wieder in die andere Richtung aus", meinte sie.

Ein kurzes Schweigen entstand. Magdalena nutzte es, die anderen Gäste zu beobachten.

„Bist du irgendwie abartig?!", fuhr sie plötzlich Jacke an, der unweit von ihr an einem Ecktisch saß und auf ihren Busen starrte, seit sie die Bar betreten hatte. Jacke zuckte zusammen, drückte sich noch weiter in sein Eck. Murmelte nur unverständliches Zeug und drehte seinen hochroten Kopf zur Seite.

Phil Ochs schenkte Magdalenas Einwand keine Beachtung. Auch ihr offensichtliches Problem mit Jacke überging er völlig. Zu Simon gewandt stichelte er munter weiter: „Deine

Zeloten ließen sich von Ersatzbewegungen vereinnahmen. Sie sind jetzt bei den Vegetariern, Esoterikern oder beim Tierschutzverein. Es ist ihnen völlig egal, was passiert. Ob ein Kind verhungert, eine Frau vergewaltigt wird, oder Unschuldige umkommen."

Simon sah Phil Ochs gefährlich an. „Ja", sagte er dann laut und fast drohend, „selbst hier drinnen ereifern sich manche, ohne nachzudenken, ohne überhaupt zu bemerken, was vor sich geht!"

Er nickte in Richtung einer Mauernische, wo sich plötzlich zwei schwarz gekleidete Amazonen aus dem Dunkel schälten und mit Jacke in ihrer Mitte den Raum verließen.

Phil Ochs schaute Jacke nach. Irgendwas war immer schon merkwürdig an ihm. „Auch wenn du mit Jacke Recht hast Simon – das heißt noch lange nicht, dass meine Argumente in Bezug auf deine Kämpfer für Frieden und Freiheit nicht stimmen!"

„Kinder, müsst ihr immer streiten…?", versuchte die alte Dame zu schlichten.

Phil Ochs lächelte. „Das ist kein Streit, wir disputieren im Sinne der Wahrheit – und: es kann nur eine geben."

„Ihr werdet nie erwachsen", bemerkte die Alte und schaute für einen Moment noch viel älter aus, steinalt.

Phil Ochs holte tief Luft. Dieses Verdrängen der wahren Probleme, diese Ignoranz fundamentaler Ansätze konnte ihn in Rage bringen:

„Da draußen gibt es Menschen, die sich im Fernsehen die Bilder verhungernder Kinder anschauen. Und mit einem Bier in der Hand denken sie:

‚Wenn das dort einmal vorbei ist mit dem Hunger, fahren wir auf Urlaub hin. Ist eine schöne Gegend und die können Devisen brauchen, wie es scheint'.

Wo sind da deine Zeloten, Simon?", fragte er fordernd und zornig. Dann sah er in die Runde…

„Ja…, jaja…", sagte Simon leise, doch seine Stimme durchwirkte eine absolute Stille.

Phil Ochs' Zorn wandelte sich schlagartig in sichtliche Verzweiflung. „Bin ich auch nur ein machtloser Schwätzer?", dachte er, „Betrüge ich mich selbst mit meiner Hoffnung, zu einer Änderung, zu einer Entwicklung beitragen zu dürfen?"

Immer wieder hatten ihn im Laufe der Zeit schwarze, zerstörerische Gedanken geplagt. „Dieser Sumpf meiner Depression ist der Styx. Gehe auch ich schon über die letzte Brücke?"

Heimdall wollte gerade den Kopf schütteln, da sagte eine greise Stimme aus dem Hintergrund: „Phil Ochs, lieber Phil Ochs, Du bist doch schon da…" Einstein lächelte, als er ins Licht trat. Er legte Ochs die Hand auf die Schulter: „Gut gemeint, ist oft das Gegenteil von gut…", versuchte er ihn zu ermuntern oder beruhigen.

Heimdall schaute Einstein mit großen Augen an: "Du bist, du bist…", stammelte er, „du bist Surtr! Du hast das Feuer geworfen, Du hast die Welt in Brand gesteckt…" Unwillkürlich wich er zurück.

Einstein schaute kurz prüfend in die Runde, wandte sich aber wieder Phil Ochs zu: „Ich weiß, wovon ich rede. Es ist nicht leicht Optimist zu sein", stellte er in den Raum. „Jede Veränderung, die wir wollen, wird auch von unseren Gegnern interpretiert – manchmal übernommen, manchmal unterlaufen. Die Gesellschaft formt einen, ganz außerhalb kann man sich nicht stellen. So wird der eine zum Märtyrer und der andere zu Surtr.

Wichtig dabei scheint mir, dass man sich selbst treu bleibt und das Beste gibt. Damit meine ich nicht, dass man unfehlbar sein oder werden soll. Vielmehr ist es eine Art Bereitschaft für das Gute… – zum Beispiel auch in jenem Alter noch Nutzbäume zu pflanzen, wo man bereits sicher ist, die erste Ernte nicht mehr zu erleben.

Das Dilemma der heutigen Gesellschaft kommt von jenen viel zu vielen, die ihre Geburt, ihr Talent und ihre Existenz durch geistigen Freitod verhöhnen. Die in ihrem Dasein an dem ihnen in dieser Gesellschaft zugewiesenen Platz dahinvegetieren, als gäbe es eine zweite Chance, als könnte man nichts ändern. So kommt es auch, dass der Begriff ‚Gesellschaft' heute überhaupt meist irreführend verwendet wird. Er suggeriert, dass sich gleiche Menschen gleich verhalten, und nur das würde zu „staatlicher Ordnung" führen. Aber das ist es nicht: Homosexuelle, Behinderte,

Asoziale, was auch immer, jede noch so kleine Randgruppe… sie alle sind die „Übereinkunft" und wollen, wie jeder in dieser Gesellschaft, die Vorteile so eines Systems nützen, wollen gleiche Rechte, gleiche Möglichkeiten. Sie sind die Bauteile im gesamtgesellschaftlichen Spektrum, das einen Staat ausmacht."

Die alte Dame lachte. „He Albert – ich staune! ‚gesamtgesellschaftliches Spektrum' – wow! Du hast den indoktrinierenden Blödsinn der Staatstheoretiker studiert glaub ich, zumindest ihren Jargon hast du gut drauf. Ich bin beeindruckt." Sie schlang ihren Arm um ihn und schenkte ihm einen spöttischen Blick.

„Ist doch wahr", ließ Einstein sich nicht beirren, „zuerst dividiert man alle auseinander, und – „divide et impere" – fühlt sich auch schon wer dazu berufen, sich vor die versprengten Einzelgruppen zu stellen und ihnen den Führer vorzugaukeln.

Dann kann sich kein „Kollektiv" zur Wehr setzen, und dann regiert auch nicht Menschlichkeit, oder wenigstens Vernunft, dann – seltsam, aber logisch – kommen die Rücksichtslosen, die Egoisten zum Vorschein und von denen halten sich auf Dauer auch nur die Skrupellosesten in führender Position.

Toleranz und Nächstenliebe bleiben den niedrigen Ebenen der Struktur vorbehalten – jenen, die aus Notwendigkeit handeln, während Geld, Macht und Geltungsdrang die Spitze der Hierarchien prägen."

„Komm schon Albert, das bringt nichts", beschwichtigte ihn Magdalena und zerrte an seinem Arm, „ich will jetzt lieber was trinken".

Einstein führte die alte Dame an die Bar und bestellte Scotch für beide.

11

Jeschua legte ein ganz schönes Tempo vor. „Hast Du Angst erwischt zu werden?"

Ohne auf die Frage zu antworten, ging der alte Mann im gleichen Schritt weiter und erzählte Martin von früher.

Früher wären hier gar keine Häuser gestanden. Da war Au. Der ganze Stadtteil wurde erst viel später aus dem Boden gestampft, da könne er sich sogar noch daran erinnern. Am schönsten sei jedoch die Altstadt. Die barocken Bürgerhäuser mit den verzierten Fassaden. Sogar von der Stadtmauer wären noch Teile erhalten.

Früher war man hier mit dem Pferd unterwegs. Autos gab es ja früher nicht. Später schon. Aber zu Zeiten wo die Stadtmauer noch eine Stadtmauer war, da fuhren keine Autos. Handelsgüter, selbst Wein, wurde auf Pferdewagen in der größten Hitze tagelang transportiert. Dafür wurden Tiere nicht geschlachtet und dann durch die halbe Welt gekarrt, sondern frisch vor Ort verarbeitet. Das hatte also auch seine Vorteile...

Und ganz früher sind hier wahrscheinlich Saurier herumgelaufen. Irgendwelche Urtiere. Damals war noch mehr Vulkantätigkeit, so würde er sich das vorstellen...

Geschichte wäre immer schon sein Steckenpferd gewesen, auch Urgeschichte.

Jeschua machte kaum Pausen beim Reden, trotzdem musste Martin dazuschauen nicht zurück zu bleiben.

Zuerst gingen die beiden den Gehweg entlang und bogen dann ab. Der alte Mann kannte einen Schleichweg. Sie erreichten ein Straßeneck und standen plötzlich vor dem etwas desolaten Haus, mit seinem großen, aus Granitblöcken gemauerten Portal.

„Das – das kenn ich! Warum führst du mich hier her?!", schrie Martin laut und aufgeregt, „Was ist das hier? Wer wohnt hier?"

„Still! – also still!", mahnte ihn Jeschua. „Das hier war früher ein Gefängnis. Jetzt haust Beliar darin – ausgerechnet der Mann, der mich damals zur Adoption freigegeben hat. Er spielt seine Spielchen mit wehrlosen Menschen. Ein Verrückter.

Aber ich will nicht da oben hinein. Wir betreiben darunter eine nette Bar. Da will ich… also – hin."

„Und ich will und darf da aber nicht runter", sagte jetzt Martin beinahe ärgerlich, „was treiben denn Sie für ein Spiel mit mir? Wer sind sie? Warum führen Sie mich hierher?"

„Ich sagte doch: ich will dich meinen Freunden vorstellen. Du wirst sie… also – mögen. Jetzt komm schon."

Martin wurde vehementer: „Da hab ich Lokalverbot. Sie bringen mich da nicht rein!"

Jeschua ging wortlos weiter. Nahm Stufe um Stufe, bis Martin ihn nicht mehr sehen konnte. „So warten Sie doch, Sie haben ja nicht einmal Licht!" Er holte sein Benzinfeuerzeug aus der Tasche und folgte dem alten Mann.

Vor der massiven Kellertür leuchtete diesmal eine schwache Lampe – Cha Ron, der Typ aus dem Gerichtssaal schaukelte lässig auf den hinteren zwei Beinen seines Holzsessels und hatte seine Füße gegen die Wand gestemmt. „Guten Abend Chef".

„Ich bin nicht der Chef, mein… also – Freund", echauffierte sich Jeschua, „‚Chef' ist mein Bruder Simon. Ich bin nur auch ein wenig beteiligt."

„Ja, ja, klar…", lachte Ron, „Der Mann da hat übrigens Lokalverbot. Weiß Simon davon, dass Sie ihn mitnehmen?" „Nein. Aber er ist mein Freund. Wenn Du willst kannst Du dem ‚Chef' sagen das… also – passt."

Ron nickte nur und gab die Tür frei.

12

Jeschua und Martin betraten die Bar. „Guten… also –
Abend"
Der alte Mann steuerte gleich auf die Bar zu. Diesmal folgte
ihm Martin wie ein Schatten. „Hallo Mama! Was machst
denn… also – du hier? Hat Simon dich wieder verschleppt?
Wo ist er überhaupt mein großer Bruder?"

Er umarmte sie.

„Jeschua! Freu mich, dass du da bist – haben dich die
Schwestern gehen lassen?" Sie lachte, „warst zur Ab-
wechslung einmal artig und das ist die Belohnung?"

„Nein. Offiziell lieg ich schon im Bett und darf meinem
neuen Begleiter hier all meine Geschichten erzählen. Doch
wir sind getürmt. Wahrscheinlich sucht man schon nach
uns! Das ist übrigens… also – Martin. Einige hier kennen
ihn schon hab ich gehört?!" Jeschua schnitt eine witzige
Grimasse und deutete auf die Stehlampe, die immer noch
funktionsuntüchtig neben der Kellertür stand.

Simon kam zur Bar und begrüßte ihn, auch Martin
schüttelte er die Hand: „Jeschuas Freunde sind auch meine
Freunde!"

„Hier wird gerade heiß diskutiert", verriet Magdalena,
„aber Albert und ich haben die Hitzköpfe allein gelassen
und uns lieber mit Scotch beschäftigt…"

Jeschua klopfte Simon auf die Schulter: „Kann ich mir lebhaft vorstellen, wie sich der Comandante wieder ereifert hat… lass dich nicht aufhalten, Simon, wir setzen uns später zu euch…"

Jeschua mochte Einstein, der konnte gut zuhören – also relativ gut zuhören. „Worum geht's bei denen denn wieder, Albert? Wieder um die alte Zeit? Ist ihm wieder… also – fad? Will er wieder die Welt verbessern?"

„Naja – sie redeten über die Bewegung damals, den Widerstand… Simon trauert der Zeit nach, wo er noch ungestüm und voller Tatendrang war…"

Jeschua nickte, „Aber es stimmt, er war damals der einzige, der uns allen Hoffnung gab. Simon hat heimlich über die Brüder in Masada… also – Kontakt zu mir aufgenommen. Ich kann mich gut daran erinnern, als wäre es erst gestern gewesen.

Wie Masada gefallen ist – also wie die Festung durch den kollektiven Selbstmord in die Hände der Römer fiel – und die Brüder und Schwestern folglich auch in den anderen Widerstandsnestern in Schockstarre verfielen, gab er allein nicht auf.

Ich hab Simon dafür bewundert. Meine Reaktion war eher der passive Widerstand, auch… also – das war notwendig. Um die Tradition zu wahren, um Erneuerung und Einheit unter einem Namen zu sublimieren, um eine Bewegung daraus zu formen, eine Religion.

Aber Simon... also – Simon war das Licht in der Dunkelheit, die Fackel, die nie erlosch.

Auch Später, in jenen verworrenen Jahren des dunkelsten Mittelalters, als Inquisitoren in meinem Namen zu Mord und Totschlag aufriefen, zu Brandopfern, da hatte ich selbst schon aufgegeben. Ich entsagte der Macht und flüchtete mich in sichere Klöster.

Aber Simon... wie sein Freund Thomas Müntzer... also – bot der Gewalt die Stirn. Sie widerstanden dem Bösen. Sicher, gemeinsam mit Katharern und Waldensern und anderen sind sie gescheitert, aber: sie haben nie aufgegeben.

Ich dagegen unternahm nur einen einzigen Versuch damals, um das Unrecht zu beenden... ich ging zum Großinquisitor. Ging auf ihn zu... Jedes Wort wäre zu viel gewesen. Ich legte ihm meine Hände auf die Schultern. Sah ihm tief in seine lieblosen Augen. Und ... also – küsste ihn einfach. Doch es änderte nichts. Nichts, gar nichts. Niente.

Fjodor Dostojewski hat das gut beschrieben: ... der Kuss glühte in des Inquisitors Herz, glühte, doch änderte es nicht..."

Ich scheiterte. Die ganze Idee scheiterte damals. Der einzige, der die Kraft noch in sich trägt und die Begeisterung wieder entfachen könnte, ist Simon."

Es war ruhig geworden im Raum. Wie immer vermochten Jeschuas Worte die Menschen zu fesseln. Allein Einstein schaute skeptisch. Die Ausführungen klangen wieder einmal so nach „Manifest". Und für irgendwelche Manifeste haben immer wieder ganze Völker ihre Freiheit oder sogar ihr Leben verloren.

Jeschua war ein Träumer. Ein Idealist. Aber die Welt spielte doch ganz anders. Die Welt pulsierte in Liebe, taumelte in Gewalt – und das ständig und zur gleichen Zeit. Nur schwache Menschen brauchten immer diese klare Trennung.

Er schaute Magdalena von der Seite her an. Was er in dem Moment jedenfalls nicht wollte, war sie zu verletzen. Er würde sich eine Entgegnung sparen. Generell trifft eine Mutter nichts tiefer, als Kritik am eigenen Sohn. Gerade überlegte er, wie man geschickt und unverfänglich das Thema wechseln könnte, da kam ihm Phil Ochs zu Hilfe…

Ochs rückte seine Brille zurecht. „Vielleicht braucht es zusätzlich zum Grabmal des unbekannten Soldaten auch noch eine Anerkennung für den unbekannten Christen?"

„Manchmal", mischte sich jetzt Simon ein, „glaube ich, du willst uns nur provozieren.

Das ist jetzt gerade blanker Unsinn. Der unbekannte Christ? Es gibt nur einen bekannten Christen – unseren Jeschua hier. Was sollte ein Grabmal des unbekannten Christen für eine bestechende Symbolik haben?"

„Ja doch", meldete sich nun Jean und trat aus dem Dunkel ins Licht, „Eugen zufolge gab es ja jeweils nur den einen „unbekannten Soldaten" und für den wurde das Grabmal gebaut… und das hat eine starke Symbolik. Vielleicht würden die Christen in dunklen Zeiten so ein Mahnmal als Hoffnungsschimmer auf das ewige Licht, das ihnen dereinst leuchten würde, wahrnehmen?"

Phil Ochs sah sich bestätigt.

„Ihr seid beide Volksverhetzer. Demagogen. Als Künstler nur Verführer", sagte Simon ärgerlich. „Als Religiöse, so etwas wie Schamanen… Verrückte, sehende Menschen, die zwischen Realität und Unsinn ihre Bettstatt haben und eine Grauzone ins Mystische als Machtquelle nutzen."

„Was hast du gegen Schamanen?"

„Ihr gaukelt den Menschen Dinge vor, die sie nicht verstehen.

Ihr beschreibt Bilder und Eindrücke von Seelen, die hierher auf dem Weg sind. Seelen, die reflektieren und sich finden. Dann vermittelt ihr diese Bilder den Lebenden und nennt es Kunst.

Aber die wenigsten verstehen eure Kunst. So verwirrt ihr viele nur. Und Normalsterbliche können Konfusion nicht ertragen. Sie flüchten sich in diese Bilder und Hoffnungen, während sie auf ihre eigenen Möglichkeiten vergessen und was hat das zur Folge? Genau: Beliar kann ungestört seine Spiele spielen.

Phil, das ist nicht lustig. Auch wenn es kurzfristig eine Besserung ihres Daseins bedeutet, weil sie den Schmerz nicht spüren. Aber sie verlieren dabei all ihre Talente, all ihr

Sein und die Realität selbst. Das ist wie Drogen nehmen und sich nicht mehr spüren. Irgendwann ist alles nur mehr eine verschwommene Idee. Das ist kein Leben.

Und wenn sie es am meisten brauchen würden, sind sie dann nicht mehr erreichbar, weder durch deine Lieder Phil, noch durch Jeans Dichterzeilen. Dann sind sie abgestumpft, innerlich tot. Und diese Unglücklichen laufen in Folge durch ein Dunkel, aus dem sie oft nur die Flucht in Sekten oder ähnlich organisierte Gruppen rettet – quasi vom Regen in die Traufe.

Verführt und damit jeglicher individueller Kraft beraubt, sollten sie plötzlich glaubend und vertrauend auf Erlösung – anstatt auf die eigenen Gestaltungsmöglichkeiten – das Leben meistern? Es endet in Verzweiflung. Und wenn sich diese Untröstlichen in Folge das Leben nehmen, in den Freitod gehen, dann kann sie niemand mehr leiten und sie finden ihren Weg hierher nie. Die irren als verlorene Seelen durch die Unterwelt. Durch die vertrauten Bilder einer unvollständigen Wegbeschreibung.

Wollt ihr das verantworten?"

„Ok". Phil Ochs schien klein bei zu geben… „Soll ich dann besser eine Kirche gründen, als eine Platte aufnehmen?" Diesmal provozierte er Simon bewusst. „Ich meine, alle meine Fans folgten freiwillig, ich hab niemand genötigt… wo ist der Unterschied zwischen deinem Bruder und mir? Warum verurteilst du mich und ihn nicht?"

Simon schien überrascht, dachte kurz nach. Jeschuas Geschichten und Phils Lieder – was war der Unterschied?

„Liebe darf nur nicht oberflächlich werden, kommerzialisiert. Geschichten und Lieder dürfen nur nicht stumpfe Gleichnisse werden. Sie müssen Ängste vertreiben können, Leben vermitteln, den Weg weisen. Die Wegbeschreibung bis vor diese Tür hier möglichst vollständig widerspiegeln."

Er streckte Phil Ochs die Hand hin. „Ja.", sagte der und nahm dankbar an.

13

„Was Einstein vorhin sagte, erklärt die latente Gewalt-
bereitschaft – obwohl keine Verbesserung erkennbar ist." In
Phil Ochs' Stimme war jetzt wieder der besondere Klang,
der leichte Sarkasmus, die Ironie. Er hatte sich offenbar
beruhigt, „Hierarchisch unterdrückte Menschen befällt nur
dann hektische Bewegung, wenn ihr eigenes, selbst-
zufriedenes Leben in Gefahr gerät. Ihre Häuser, Autos oder
Titel.

Wenn Emporkömmlinge oder Glücksritter sozusagen das
jeweilige Arrangement mit der Gesellschaft, diesen „Platz in
der Gesellschaft" wie Albert das nannte, bedrohen. Oder
wenn man sich gemeinsam gegen einen bösen, äußeren
Feind wehren müsste – gegen landhungrige Ungetüme,
Mörder und Vergewaltiger, die Frauen und Kinder
bedrohen.

Dann würden sie sich möglicherweise zusammenrotten und
losschlagen. Sie würden mit ihren trägen Armen fuchteln
und alles unternehmen sich zu wehren. Das wäre eventuell
ein Nährboden für aufrechte Zeloten, dort könnte man
etwas erreichen…"

„Was denn erreichen?", wollte Simon wissen, „Mit einem
verhetzten Volk im Rücken?"

„Du wirst doch nicht aus der Geschichte gelernt haben!?",
höhnte da seine Mutter von der Bar herüber.

Ochs trat ganz nah an Simon heran. „Sag, ist deine Mutter betrunken?", flüsterte er unhörbar für den Rest der Welt.

Heimdall schaute fragend zur alten Dame.

„Nein", Simon schüttelte den Kopf: „Sie ist nicht betrunken. Aber die Zeit damals war nicht einfach für sie. Alles was ihr blieb, ist Sarkasmus".

Einstein hielt galant den Arm um Magdalenas Hüften, während Simon weiter erklärte: „Angefangen hatte alles mit einem Trauma, wie meistens. Wir mussten Jeschua damals zurücklassen. Der Primar hat ihn zur Adoption freigegeben. Er lebte später bei dem alten Schreinermeister Joseph und dessen Frau Maria.

Mutter kam nie darüber hinweg.

Ein Teil von ihr war ab diesem Tag verloren, abgestorben. Als wäre ihr damit die eigene Jugend abhandengekommen. Ab dem Tag war in ihrer Persönlichkeit Alter über-proportional betont, nein – ausschließlich.

Sonst war keine Lebensphase mehr vorhanden, weder latent keimend, noch verborgen, noch irgendwie verkümmert. So als hätte sich der Rest der wunderbaren Frau schon verflüchtigt." Magdalena schaute beschämt und stolz zugleich. Sie errötete und war froh, dass Einstein da war. Auch wenn es stimmte, was ihr Sohn da erzählte, angenehm war so ein „Outing" nicht.

„Mutter ähnelte verstorbenen Personen, deren Seele noch auf Erden irrt. Das war bei ihr natürlich nicht der Fall, sie war ja „stofflich" real und tatsächlich existent, aber sie hatte keine komplette Persönlichkeit mehr. Diese hing zwischen zwei Welten fest – noch nicht tot, aber auch nicht mehr lebendig.

Ein Teil, nämlich jener der besorgten Mutter, irrt immer noch durch die Länder dieser Welt da oben, während der Rest ihrer Persönlichkeit bereits dort bei Einstein an der Bar sitz und Scotch nippt".

Simon sah jetzt erst zu ihr hin. Magdalena liefen die Tränen über die Wange.

„Entschuldige bitte Mutter – ich bring das alles wieder in Ordnung! Glaub mir!"

14

Während Ochs noch über Simons Worte nachdachte, erhob sich dieser, umarmte kurz seine Mutter an der Bar, verabschiedete sich, ging an Martins Tisch. Er schaute ihm tief in die Augen. „Bist Du bereit Soldat?" Martin wusste was er meinte und wusste was er zu tun hatte. Er nickte.

„Dann komm!", forderte Simon, nahm einen der Barhocker und schleuderte ihn über Einstein hinweg in die aufgebauten Gläser hinter der Bar. Die Gläser zersplitterten in tausend Scherben. Der Hocker polterte laut zu Boden. Magdalena schrie auf. Einstein drohte kurz die Fassung zu verlieren.

„Vielleicht erinnert euch das daran, dass man sich seinen Frieden täglich neu erarbeiten muss", meinte Simon achselzuckend und verließ mit Martin die Bar.

Auch Ochs schnappte sich einen Hocker. Diesmal gingen die Flaschen zu Bruch. Wie in einem schlechten Western. Auch er verließ die Bar.

Einige Besucher stellten sich ängstlich ins Eck, andere riefen nach der Polizei...

Cha Ron war völlig verwirrt, so war hier noch kein Abend zu Ende gegangen. Was war bloß in Simon und Phil gefahren? Erstmals seit langem schloss der Türsteher die Tür lieber von innen.

15

Draußen atmeten die drei erst einmal tief durch. Simon wirkte nicht zufrieden, war aufgeregt. Wie um sich zu rechtfertigen erklärte er: „Die sind so etwas von selbstherrlich da unten, glauben immer sie hätten alles schon gesehen und alles schon hinter sich... ich konnte nicht anders. Manchmal muss man die guten Freunde aus der Lethargie erwecken." Er lehnte sich an das gemauerte Portal, versuchte sich zu beruhigen.

Martin und Phil Ochs taten es ihm gleich. Sie schauten sich um. Beobachteten die Leute. Was hatte Simon vor?

Die Leute auf der Straße und vor den Boutiquen waren alle jung und schön und gut gekleidet. Einige hatten eine Aktentasche, andere liefen mit Handy am Ohr herum. Geschäftig. Ferngesteuert. Selig lächelnd, wie unter Drogen. Sie nickten einander zu. Grüßten sich mit verinnerlichter Präzision. Freundliche Menschen. Lachende Menschen.

Drei so Gestalten vor dem alten Gefängnis übersah man geflissentlich. Ochs hatte tiefe Ringe unter den Augen, Simons Bart ragte schlohweiß bis zur Brust hinunter und Martin trug seine Schildkappe verkehrt herum.

„Das hat Einstein gemeint", Ochs lachte, „Wir sind eine kleine Randgruppe. Gesellschaft bezeichnet etwas anderes..."

Das erste Mal in seinem Leben fühlte sich auch Martin als echter Außenseiter. Was war mit den Menschen hier bloß los? War das die Norm? Gehörte der Großteil zu diesen oberflächlich dahinscherzenden Leuten, die immer nur gut aufgelegt sind?

Eine dieser dahinstolzierenden Frauen bemerkten alle drei gleichzeitig. Ihr hautenges Kostüm saß perfekt und ein Push-Up formte ein üppiges Dekolleté. Wie sie vorüber war, sah man nur mehr aufreizend lange Beine, die auf hohen Absätzen in dunklen Stiefeln steckten. Darüber bewegte sich der kurze Rock in der Frequenz der Schritte hin und her. Noch ein Stück höher fielen kastanienbraune Haare wie mattglänzende Seide über die samtweiche Haut verführerisch entblößter Schultern.

„An wen, verdammt, erinnert die mich? War ich mit der einmal zusammen?", Simon sprach leise und eigentlich mit sich selbst, „Wer ist das?"

Er sinnierte. Sie sah Magdalena sehr ähnlich.

Konnte es sein? War das ein Teil von Mutters Persönlichkeit, der immer noch hier draußen herumirrte? Ihre Kindheit, ihre Jugend? Traumatisiert, Jeschuas beraubt, im Stich gelassen, von unvollständig esoterischen Wegbe-schreibungen in Oberflächlichkeit verbannt? Es wäre schon ein verdammter Zufall…

Er zitterte. Sah ihr prüfend nach. Jugend war in dieser Frau überproportional betont… nein – ausschließlich. Sonst war keine Lebensphase vorhanden, weder latent keimend noch verborgen, noch irgendwie verkümmert. So als würde sie in einer eigenen Welten festhängen. So als wäre Besonnenheit, Ruhe und innerer Friede dieser perfekt gestylten Schaufensterpuppe schon längst wo anders.

Er konnte nichts tun für die arme Frau. Sie, oder vielmehr dieses Fragment der gesamten Persönlichkeit, würde weder verstehen, was er meint, noch würde sie ihm folgen können. Schon gar nicht 88 Stufen hinunter in eine Welt, die ihre ewige Schönheit kosten könnte. In der es – in einer Konfrontation mit Magdalena – plötzlich ausschließlich um innere Werte gehen würde. Bei solch polarisierten Experimenten ging eine Bewusstwerdung leicht letal für alle Beteiligten aus...

Simon senkte den Kopf und wirkte für einen kurzen Moment entmutigt. Feinfühlig legte ihm Ochs die Hand auf die Schulter und nickte nur wissend.

„Ich kann es ...euch nicht ...erklären, aber für mich sind das ...Zombies", sagte Martin langsam und stockend, „Fast hab ich Angst. Vor denen. Vor deren guter Laune. Vor diesen zu einem Lächeln erstarrten Ken- und Barbie-Gesichtern.

Die haben keine schiefe Nase und kein Muttermal im Gesicht. Die haben kein kürzeres Bein und kein Gramm Fett an ihren Hüften. Einer schaut aus wie der andere. Kennst du eine, kennst du alle. Wie aus der Fernsehwerbung. Eine Armee Gleichgeschalteter. Uniforme Bürger. Das ist – das ist – also einfach nur abstoßend..."

„Das ist wie ein Traum!", staunte auch Ochs und nickte: „Martin hat Recht.

Nichts daran ist echt. Seht ihr diese leeren Augen?

Vor allem... – diese zufriedene Ausgelassenheit, das ist auffällig. Da stimmt was nicht, zum Teufel ... Verstecken sich Gauner und Betrüger hinter diesen perfekten Fassaden? Politiker? Oder schlichtweg nur Vollidioten?"

Simon blickte zu Beliars Fenster hoch. Plötzlich fiel es ihm wie Schuppen von den Augen. Plötzlich wusste er mehr als ihm lieb war:

Beliar zog hier die Fäden. Beliar spielte ein viel größer angelegtes Spiel, als Simon es je für möglich gehalten hätte.

„Das ist kein Leben mehr, wenn wir uns nicht entscheiden können. Paradiesische Versuchung heißt so ein Zustand. Das hatten wir schon mal. Das steht schon wo geschrieben...

Nein!", stellte er mit schneidender Stimme klar: „nein, nicht mit mir!"

In dem Moment läutete Simons Handy. „Ja – bitte?" Er hörte kurz geduldig zu. „WAS ist passiert?", fragte er plötzlich aufgeregt nach und ließ sich offenbar noch einmal alles erklären. Dann legte er auf und strahlte. „Kommt mit Freunde! – das ist ein Wink des Schicksals! Ich hab immer noch so meine Kontakte und Ernesto, mein Verbindungsmann für Nachschub von Waffen und Munition, meldet mir gerade, dass beim Bahnhof hinten – durch irgendein technisches Gebrechen – ein Güterzug steht und derzeit nicht weiterfahren kann. Die angebliche Ladung der Waggone: militärischer Sprengstoff!

Ernesto und die Vertrauten haben das Wachpersonal schon überwältigt. Wir brauchen das Zeug nur mehr abholen – aber wir bringen es nicht ins Depot! Wir werden damit diesen Alptraum hier beenden!"

Jetzt zeigte sich, wie gut Simons Netzwerk immer noch funktionierte. Binnen weniger Stunden waren die Waggone leer geräumt und das Zeug fast unbemerkt zur Kreuzung gebracht worden. Simon befehligte die Aktion. Er ließ den ganzen Sprengstoff in das tunnelartige Portal des Hauses packen. Ernesto brachte eigenhändig Zünder an, allerdings fehlte die Verdrahtung. Er improvisierte und legte einfach eine Lunte. Die Aktion war leise und schnell verlaufen. Auf ein Zeichen entfernten sich alle vom Portal und dann stellte sich Simon mitten auf die Kreuzung. Er ballte die Faust und reckte sie drohend gegen die alten Gefängnismauern.

„WIR wollen das nicht! So nicht! Nicht mit uns Beliar!", schrie er und seine Stimme überschlug sich, „es braucht den Knall, einen Urknall. Wir müssen die Welt neu erschaffen!"

Simon nahm Martins Benzinfeuerzeug und begann zu zündeln. Zischend brannte die Lunte in den Hauseingang hinein und erhellte ihn kurz gespenstisch, bevor eine fürchterliche Explosion nichts außer einer dichten Staubwolke hinterließ, durch die ein Regen aus Steinen niederprasselte.

Als sich der Staub legte, lagen geborstene Betonplatten zwischen eingeknickten Wänden. Freigelegte Stahlträger ragten verbogen in den Himmel. Dort und da brannte es, obwohl aus einer zerstörten Hauptwasserleitung eine riesige Fontäne spritzte.

Simon war von dem Bild seltsam berührt... ein Gesamtkunstwerk.

Er suchte nach Worten: „Es … es ist vollbracht!

Wir haben es geschafft. Der erste Schritt – hin zur neuen Weltordnung.

Manchmal regieren uns Tyrannen, manchmal stehen wir uns selbst im Weg: Die Welt zerfließt dann und bildet widerspiegelnde Pfützen in Abgründen aus Hass und Ignoranz. Da kommt es manchmal sogar vor, dass Beliar im selben Haus wie Jeschua wohnt…

Wir aber haben den Beweis erbracht: Nichts ist so stark wie eine Idee, deren Zeit gekommen ist!

Legen wir die Sümpfe trocken, reißen wir die Mauern der Gefängnisse ein!

Mit eurer Hilfe, liebe Freunde, werden wir Frieden auf Erden erkämpfen."

Sie beglückwünschten sich. Martin war nun Teil einer großartigen Gemeinschaft. Eines mächtigen Triumvirates.

16

Plötzlich rührte sich etwas unter der meterdicken Staubschicht. Wie Sand rieselte Material zwischen dem Schutt geborstener Mauerblöcke durch. Eine verletzte Hand kam zum Vorschein und räumte Material auf die Seite.

„Natürlich! Die Leute im Kellergewölbe!" Ochs und Simon schauten sich kurz betroffen an. Die waren nach der Sprengung da unten im Raum eingeschlossen!

Schnell beeilten sie sich zu helfen.

Jeschua war der erste. Überglücklich stand er dann draußen. Er allein hatte nicht aufgegeben, hatte einen Ausweg gesucht, einen Rettungsschacht gegraben. „Das ist etwas völlig anderes als Träume haben und Reden halten", sagte er, „das macht… also – Sinn. Leben retten." Er schien mehr erfreut über seine Heldentat, als über das Tageslicht.

Als nächster schon schlüpfte mit rußschwarzer Nase ein überwältigter Guy Fawkes hervor: „Was für ein Feuerwerk", schwärmte er, „was für ein Feuerwerk!". Chico Mendez folgte, Oscar Romero, Desmond Tutu. Lenny Bruce, Ken Saro Wiwa und andere.

Einer um den anderen kletterte aus dem Loch heraus. Gemeinsam war man sich einig, dass ein Bunker aus dem 2. Weltkrieg eventuell doch nicht der richtige Versammlungsort für Weltverbesserer war.

Adam Riese fing auf einmal das Durchzählen an. „Da fehlt noch wer, da fehlt noch wer", murmelte er nervös.

Heimdall bestätigte: „Ja, Hades ist noch unten... Der kehrt gerade die Scherben der Gläser zusammen. Taranis und Serapis nageln und schrauben an der Bar herum. Osiris plagt sich mit den kaputten Stehlampen und Hel wischte den Boden. Sie gehen nicht herauf. Sie bleiben unten. Die wollen ihre Ruhe, hier oben wär es ihnen zu hektisch."

Aber Riese zog einen Strich unter seine aufwändige, statistische Berechnung – da fehlten trotzdem noch welche.

Churchill warf einen kurzen Blick darauf. „Anhand der Zahlen lässt sich leicht belegen, dass von einer Vollständigkeit ausgegangen werden kann...", teilte er mit sonorer Stimme mit und meinte damit Adam Rieses Rechenansatz, aber das sagte er nicht dazu.

So langsam fielen den Umstehenden doch einige ein, die fehlten... Karl der Große zum Beispiel fehlte. Sein Bart wuchs immer noch rund um den Untersberg. Er stritt sich mit Odin, wo die letzte Schlacht zu schlagen wäre.

„Idafelde!!!", forderte Odin bestimmt.

„Walserfeld!", donnerte Karl.

Aber sie wurden sich nicht einig und in der Hitze des Wortgefechtes vergaßen sie herauf zu kommen.

Heimdall und Charon hingegen stellten sich in trauter Eintracht zu dem Rettungsschacht.

„Wer wieder runter will", sagten sie, „zahlt zuerst den Obolus, auch bei einfachen Besichtigungen".

17

Es war ein kühler, verregneter Novembermorgen. Martin blickte aus dem Zimmerfenster in eine diffuse, verwaschene Welt. Am Parkplatz vor dem Eingang hatte sich eine riesige Wasserlache gebildet. Trüber Schleier lag wie ein Weichzeichner auf den Autos, Häusern, und Bäumen. Er sah auf die Uhr, zehn nach Sieben. Wenn er den Bus erreichen wollte, sollte er sich beeilen.

Der DUCe würde sicher wieder Stress wegen der Matura machen. Aber der konnte ihn mal kreuzweise. Allein schon das aufgeschlagene Buch am Schreibtisch erdrückte ihn. Das ganze Bücherbord daneben mahnte zur Pflicht. Er brauchte Luft. Brauchte Freiraum, Freiheit und keine Weisheit.

Früher las er gerne, Thoreau zum Beispiel. „Walden" oder auch „Über die Pflicht zum Ungehorsam…". Auf einem Flohmarkt kaufte er sogar einmal eine ganze Schachtel voller „Walden", die in einem Buchgeschäft bei Umbauarbeiten leicht beschädigt worden waren. Zu Weihnachten schenkte er dann jedem Freund und Verwandten, sogar Mutter und Onkel Johann, ein Exemplar. Gelesen haben es die wenigsten. Damals war Martin deswegen enttäuscht. Wie konnte man „Walden" achtlos am Nachttisch liegen haben und nicht ein einziges Mal hineinlesen?

Er nahm seine Lederjacke, setzte die Schildkappe verkehrt herum auf, schlüpfte in die Turnschuhe. Fast bedächtig ging er die Treppe hinunter. Doch plötzlich machte er kehrt. Besser gar nicht erst hingehen. Besser schwänzen. Und zwar den ganzen Tag. Dann konnte sich auch der DUCe nicht lange aufregen. Krank ist krank. Fertig. Er stahl sich nochmals leise zur Wohnungstüre hinein, nahm Mutters Handy und telefonierte mit dem Sekretariat – „ …ja, ich bin der Vater, wie gesagt er ist krank, bitte informieren Sie den zuständigen Lehrer. Besten Dank."

Martin trat aus dem Hauseingang und schloss sorgfältig ab. Es war kalt.

Die barocken Bürgerhausfassaden wirkten im milchigen Nebel wie künstlerisch entfremdete Aquarelle, sonst vertraute Häuserreihen schienen irgendwie entrückt. Ein Straßenarbeiter kehrte Laub zusammen. Kahle Bäume standen wie Plastikskulpturen im Nieselregen. Martin hing seinen Gedanken nach. Alles Mögliche ging ihm durch den Kopf, und immer wieder Matura – und was danach?

Plötzlich hörte er aufgeregte Schreie, sah Menschen, die gestikulierten und Einsatzfahrzeuge durchlotsten. Martin näherte sich, lief die Gasse entlang weiter und bog ums Hauseck. Jetzt sah er den Grund der hektischen Bemühungen: ein komplett zerstörtes Haus, wie durch eine Bombe, oder eine Sprengung. Überall lagen Mauerbrocken herum, angekohlte Balken, zerborstenes Glas, zerbröselter Beton. Eine dicke Staubschicht bedeckte einige beschädigte Autos in der Nähe. Schaulustige standen herum und sahen Feuerwehrleuten zu, wie sie Schläuche einrollten und das Werkzeug verstauten.

Mitten in dem Chaos auf dem Schuttberg standen zwei witzige Typen vom schwarzen Kreuz mit einer Sammelbüchse.

Martin ging zurück zur Trafik. Kaufte eine Zeitung.

„Schwere Explosion im alten Luftschutzkeller!" Er faltete die Zeitung auseinander und wollte gerade lesen, was passiert war, als ihm ein anderer kleiner, unscheinbarer Artikel auffiel:

Esel verhindert Kriegsmitteltransport

Aus bisher ungeklärter Ursache war in der Nacht auf Dienstag ein Esel aus seinem Stall am Reiterhof ausgebrochen und zum alten Güterbahnhof im Bereich der fernbedienten Weichenanlage gelaufen. Dort geriet das Tier mit seinen Hufen zwischen die sogenannten Backenschienen und Zungen und wurde eingeklemmt. Während die Bahnbediensteten gemeinsam mit der Tierrettung versuchten die Hufe des Esels zu befreien, musste der Güterverkehr einige Zeit eingestellt werden, was erhebliche Zugsverspätungen verursachte.

Routinemäßig wurde bei der Gelegenheit ein betroffener Güterzug durch die Behörden überprüft. Wie sich herausstellte, sollten die Waggone eine Sprengstofflieferung der „Dynamite Nobel" geladen haben, doch die Ladung ist weg, offenbar gestohlen. Die ermittelnden Beamten tappen bislang völlig im Dunkeln.

Brisant scheint in dem Zusammenhang allerdings auch Auftraggeber und Destination der Lieferung: Eine (der Redaktion bekannte) US-amerikanische Firma wollte die Ware über Umwege in arabische Krisenregionen transportieren. Details dazu sind noch nicht bekannt. Nach bisher unbestätigten Informationen der UNO dürfte die Lieferung jedoch ohne Genehmigung der internationalen Staatengemeinschaft in Auftrag gegeben worden sein. Eine Anzeige nach dem Kriegswaffengesetz wurde eingebracht.

Der Esel ist wohlauf.

Roland Reitmair,

der in Böckstein / Salzburg
aufgewachsene Autor
absolvierte nach
Reifeprüfung, Kolleg und
Lehre als Keramiker die
Ausbildung zum AMS-
Berater.

Seit 2004 lebt er fest verwurzelt in unmittelbarer
Nähe zum Nationalpark Kalkalpen.

Mit 16 Jahren – geprägt durch Bob Dylan und Wolf
Biermann – unternahm er seine ersten lyrischen
Gehversuche.

In zahlreichen Veröffentlichungen, zuletzt dem
Geschichte(n)buch „friedvoll deutsch", hat er seinen
so eigenwilligen, wie unverwechselbaren Schreibstil
entwickelt.

Bisherige Veröffentlichungen:

„friedvoll deutsch", Geschichte(n)buch, neobooks, 2017

„Nachspiel", Roman neobooks 2017

„Der Medizinmann", Roman, neobooks 2017

„Servus in Bhutan", Reisebericht, neobooks 2017

„niederbügeln und entfalten", gesammelte Gedichte, Lyrik, BoD 2017

„Innergebirg", Roman, Verlag styriabooks 2013

„Jede Arbeit macht Spaß", storys aus der Arbeitswelt, Molden Verlag 2012

„Splitternacht", Roman, JBL Literaturverlag 2010

„von einem der einzog Wels zu erfahren", Welser Anthologie 2005

„Heimkehr", Roman, Eigenverlag 2004

„Zeitweise ist nichts", Lyrik, Verlag Röschnar 2002

Sowie zahlreiche Übersetzungen

(Schwerpunkt Bob Dylan)

und eigene Liedertexte.

www.schreiberlink.at